DAS KURT TUCHOLSKY CHANSON BUCH

Texte und Noten

Rowohlt

Herausgegeben von Mary Gerold-Tucholsky und Hans Georg Heepe
Für Rat, Material und die Kurzbiographien der Komponisten danken wir den Herren Reinhard Hippen und Alan Lareau, Deutsches Kabarett Archiv, Mainz; für die Vorbereitung des Notenmaterials zum Druck und das Einsetzen der Akkordsymbole Herrn Peter Vollhardt, Hamburg.

1. Auflage April 1983

Quellenhinweise siehe Seite 368

Notensatz Josef Ritter, Hamburg
Gesamtherstellung Clausen & Bosse, Leck
Printed in Germany
ISBN 3 498 06476 2

Inhalt

* Diese Texte werden hier in Buchform zum erstenmal veröffentlicht.

KTA

Aus dem Ärmel geschüttelt

„Das“, sagen die Leute oft, wenn sie einen Vers von mir lesen, „fällt Ihnen gewiß sehr leicht. Es klingt, als ob ...“ – „Ich es aus dem Ärmel geschüttelt hätte, wie?“ sage ich dann. „Ja“, sagen die Leute.
Die Mühe, die es macht, der deutschen Sprache ein Chanson – und nun noch gar eins für den Vortrag – abzuringen, ist umgekehrt proportional zur Geltung dieser Dinge. „Es steht nicht dafür“, sagen die Wiener. Ich habe nie geglaubt, daß so viel Arbeit dahinter steckt, um zu erreichen, daß Leute abends zwei Stunden lachen, ohne daß sie und die Autoren sich hinterher zu schämen haben. Und gar, bis es so weit ist, daß man denkt, wir hätten es ‚aus dem Ärmel geschüttelt‘! Zum Glück sieht keiner die erste Niederschrift: wie krumplig, wie schwerfällig, wie schwerflüssig ist da noch alles ...
Der Tragöde hats gut. Wenn er noch so mittelmäßig ist: er rollt doch mit den Augen, und das verfehlt hierzulande seine Wirkung nie. Bei uns wollen sie sich scheckig lachen (drei Poängten pro Zeile) und hinterher verachten sie das. Und daß einer gar dabei ernst sein kann, das ahnen sie kaum. Wie wenige hören es zwischen den Zeilen Walter Mehrings schluchzen! Es sind ja nur Chansons. (Und doch sind die da aus der Seele geschüttelt.)
Aber wer nun einmal das Cabaret (mit einem t, bitte!) liebt ... Es ist eine unglückliche Liebe.

Kurt Tucholsky

GW I 830

Anmerkung für den Komponisten Lächle, Berliner!
Refrain durchaus Gassenhauer – aber nett, nicht zu bumsig. Die Zeile „liebenswürdig ... liebenswürdig ...“ sehr schnell. Vor dem Refrain Atem holen.
Die dritte Strophe ist vor dem Refrain leicht abweichend, das soll möglichst erhalten bleiben.

Trude Hesterberg sang „Ach, lege deine Wange“ in ihrem Cabaret „Wilde Bühne“, das sie am 11. September 1921 im Keller des „Theaters des Westens“, Kantstraße, eröffnete und das 1924 abbrannte

„Ach, lege deine Wange“

(Lächle, Berliner –!)

Tango

Friedrich Hollaender

C♯o Dm
Sze – nen macht, weil ich mit Le – o … wenn er dann
C7 B♭/F F
„Dür – ne-!“ schreit und wer weiß was spricht; wenn er mich
E7 A7/5+ A7
gar be – speit, weil er so naß spricht Dann
Dm A 7/5+ A7
schelt ich nicht, dann schrei ich nicht, dann

E° A7 D11 D
zank ich nicht, dann brüll ich nicht: dann bin ich
Gm
lie-bens-wür-dig, lie-bens-wür-dig, lie-bens-wür-dig, lie-bens-wür-dig.
D B♭7 A7
Ich hab Kul-tur. Ich sa-ge nur:
D C° A7/C♯ A7/5+ D D+
„Ach, le-ge dei-ne Wan-ge doch mal an

Hm
Em
meine Wange und bleibe da recht lange mit
A7
D11
D7
deiner Wange! Du süßer Herzensclown! Man könnt dir
G
Gm
D
stundenlang stundenlang
E7
A
A13
D
G
D
in die Augen schaun-!“
sf

Tritt mir im Omnibus
wer auf die Beine;
wenn ich mal rausgehn muß
und da ist schon eine;
sitz ich am Steuerrad –
Gott soll bewahren! –
und ruft der Schupo: „Wat?
Könn Sie nicht fahren–?“
Dann schelt ich nicht,
dann brüll ich nicht,
dann zank ich nicht,
dann schrei ich nicht –
dann bin ich liebenswürdig, liebenswürdig, liebenswürdig, liebenswürdig...
Das ist meine Tour,
ich sag dann nur:

„O lege deine Wange
doch mal an meine Wange –
und bleibe da recht lange
mit deiner Wange!
Du süßer Herzensclown!
Man könnt dir stundenlang –
stundenlang
in die Augen schaun–!“

Vergangenen Dienstag fuhr
ich hin zu Haller;
da spielen sie jetzt Revue,
'nen richtigen Knaller.
Da fragt ich einen Mann:
„Wer wird heut singen–?“
Und da fuhr der mich an!
und kam ganz dichte ran–
und sagte was von Götz von Berlichingen...
Da sagt ich zu mir,
sagt ich,
sagt ich: „Trude!“ sagt ich,
„Ruhig Blut!“ sagt ich,
„Du hast Kultur!“
Nu sei mal liebenswürdig, liebenswürdig, liebenswürdig, liebenswürdig –
Bös? Keine Spur.
Ich sagte nur:

„Ach, lege deine Wange
doch mal an meine Wange –
und bleibe da recht lange
mit deiner Wange!
Du süßer Herzensclown!
Man könnt dir stundenlang –
stundenlang
in die Augen schaun–!“

Aus einer Haller-Revue

DKA

DKA

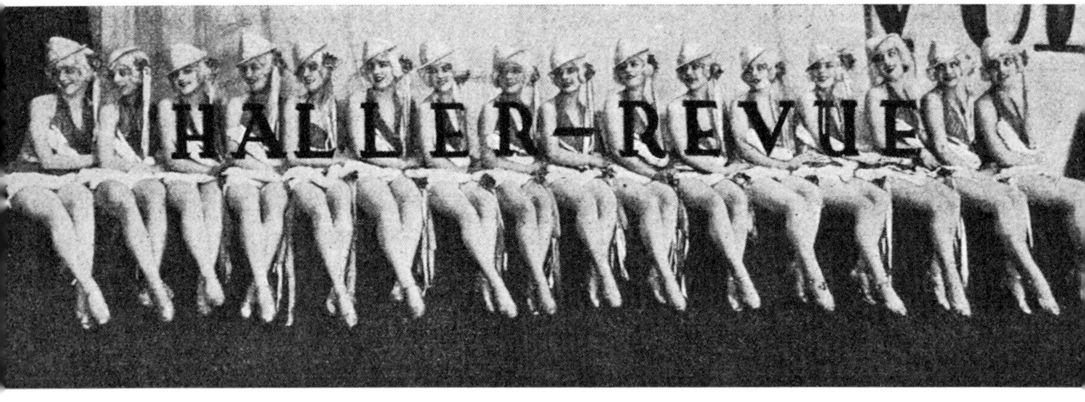

DKA

Friedrich Hollaender als „Löwe des Abends"

Die gedrängte Gestaltungsform verlangt nach eignen Gesetzen nicht nur das rasch zupackende Wort, die schnell greifbare Gebärde, sie erfordert gebieterisch die aufreizende, die kurze, die enthüllende, die essenzielle Musik, sie muß in Rhythmus und Kolorit, in Melodieführung und Dramatik sofort, blitzartig das Grundsätzliche aufreißen, sie darf sich keine Zeit lassen zu Entwicklung und Aufbau; so wie sie herunterbrennt, muß sie geboren sein; ihr Stimmungsgehalt muß in ihren ersten Takten da sein, ihre Entfaltungsmöglichkeit liegt – im ernsten Chanson – im kurzgespannten Bogen einer schnell entflammenden Dramatik, – im heitern Chanson: in der tödlich sicher sitzenden Pointe, die – dem Wortwitz verschmiedet – wie ein auf kürzeste Entfernung abgeschnellter Pfeil treffen soll ... Was ein weiteres Gesetz der Cabaret-Musik sein sollte, das ist die Aggressivität, die sie von aller Opern-, Lied- und Symphonie-Musik in alle Ewigkeit unterscheidet. Ein Cabaret ohne Angriffsfreudigkeit, ohne Kampflust ist lebensunfähig. Es ist das gegebene Schlachtfeld, auf dem mit den einzig sauberen Waffen geschliffener Worte und geladener Musik jene mörderischen aus Eisen in die Flucht geschlagen werden können. Friedrich Hollaender

Die Weltbühne, XXVIII. Jahrgang, Nummer 5, 2. Februar 1932

DKA

Trude Hesterberg

In der mecklenburgischen Schweiz ragt der Hesterberg. Die Burgruine, die ihn krönt, zeugt noch heute von der Glanzzeit meiner Ahnen. Sie waren Raubritter. Sie wurden allgemein geschätzt, und ihr Laden ging gut während des ganzen 13. Jahrhunderts. Für ihre Erfolge auf wirtschaftlichem Gebiet erhielten sie vom römischen Kaiser den erblichen Grafentitel. Auch ich würde heute als Gräfin Hesterberg die zeitgenössische Chronique scandalöse bereichern können. Einer meiner Ahnen, Graf Athanasius von Hesterberg (1414–1575), trägt ganz allein die Schuld, daß ich hierzu nicht in der Lage bin. Er beging nämlich die Unvorsichtigkeit, einen richtigen Bischof zu erschlagen, noch dazu auf dem Hochaltar, was streng verboten war. Dafür wurde ihm der Grafentitel aberkannt. Ich muß mich demgemäß verhalten. Man kann sonst nie wissen, was einem noch alles aberkannt wird. Ich habe daher nie einen Bischof erschlagen.
Mein Verhalten war auch sonst stets bescheiden zu nennen, abgesehen natürlich von meinem künstlerischen Genie, an dem ich unschuldig bin, und von meinem unwiderstehlichen Scharm, gegen den ich selbst nichts machen kann. Trude Hesterberg

Aus dem Nachlaß im Deutschen Kabarett Archiv, Mainz

Allalah

Türkische Wachtparade

Aus: „Bitte zahlen", Revue in 7 Bildern
von Eugen Burg und Louis Taufstein, 1921

Rudolf Nelson

Am6
Bos - po - rus, da schmort die Tür - ken - stadt. Al - la -
mf
H C♯o H7/5+ Em Em
lah! Al - la - lah! Je - der Mos - lem
p
Am6
löf - felt Eis und liest sein Mit - tags - blatt. Al - la -
mf
H C♯o H7/5+ Em D7/F♯ D7
lah! Al - la - lah! Die Ha - rems - da - men
p

D7/F# D7 G
sie - len sich, die Herrn Eu - nu - chen füh - len sich. Ei
D7/5+ G6
ei, ei ei, ei ei, ei ei! Du
H7 Em H7
siehst auf je - dem Dee - ze die dun - kel - ro - ten
Em Hm
Fee - ze. Wer den läng - sten hat, wer den läng - sten hat, der

H Em Am6 Em
ist ein Bey. Was gibt's da auf den Gas-sen, welch
Am6 Em Hm(ohne d)
Lärm auf al - len Stra-ßen? Und Trom-meln, und
D(ohne fis) D D/C G/H D7/A
Trom-meln, und Trom-meln, Trom-meln, Trom - meln.
G/D G/H Em Hm D7/A D7 D7/A D7
Al - la - lah! wer tommt denn da? Wer
mf

D7/A D7 D7/A D7 G
tommt denn da mar- schiert?
Bb° D7/F# D7 D7/F# D7
Mäd - chen, geh mir nicht so nah, bleib auf dem
D7/A D7 D7/A D7 G/H Bb°
Trot - to - ir, daß nichts pas - siert!
G/H G/D G/H Em Hm D7/A D7
Al - la - lah! Wer tommt denn da?
mf

D7/A D7 D7/A D7 C7/5- H
Wer tommt denn da mar - schiert?
Em H7 Em H7 Em H7
So kom-men sie kurz ge - tre - ten und ziehn von Sieg zu
Em D7 G D7 G H Cmaj7 C#m 7/5- H7/D#
Sieg mit Pau - ken und Trom - pe - ten, die tür - ki - sche Mu -
sff
1.-2. E Em 3. E
sik! sik!

Von den Klängen ganz begeistert strömt das Volk zuhauf.
Allalah! Allalah!
Selbst der dicke Pascha Pinkus hört zu pokern auf.
Allalah! Allalah!
Die Autobusse stauen sich, die Straßenjungen hauen sich,
klipp-klapp, klipp-klapp, klipp-klapp, klipp-klapp!
Der Dieb auf seiner Toure
ist scharf auf Pompadoure.
Wer den längsten hat, wer den längsten hat, dem schneidt er'n ab.
Und selbst auf den Behörden die Beamten munter werden
von den Trommeln, den Trommeln, den Trommeln, Trommeln, Trommeln.
Allalah! wer tommt denn da?
Wer tommt denn da marschiert?
Mädchen, geh mir nicht so nah,
bleib auf dem Trottoir, daß nichts passiert!
Allalah! wer tommt denn da?
Wer tommt denn da marschiert?
So kommen sie kurz getreten
und ziehn von Sieg zu Sieg mit Pauken und Trompeten,
die türkische Musik!

So marschiert durch Stambuls Straßen buntes Militär.
Allalah! Allalah!
Und durch Zufall geht ihr Weg am Amtsgericht daher.
Allalah! Allalah!
Da oben führt ein Mägdlein keß 'nen Alimentationsprozeß
um ein Kind, um ein Kind, um ein Kind, um 'n Kind.
Und die Parteien beide, die schwören dicke Eide.
Wer den längsten hat, wer den längsten hat, na, der gewinnt.
Der Richter sagt: Kein Theater! Wer ist denn hier der Vater
und trommeln, und trommeln, und trommeln, trommeln, trommeln.
Allalah! wer tommt denn da?
Wer tommt denn da marschiert?
Die ganze Kompanie ist hier Papa,
o Mädchen, bliebst du lieber da, wär's nicht passiert!
Allalah! wer tommt denn da?
Wer tommt denn da marschiert?
Wo die mal hingetreten, gewinnen sie den Sieg mit Pauken und Trompeten,
die türkische Musik!

Die Handlung der Kabarettrevue „Bitte zahlen“: „Die Welt als ein Nepplokal betrachtet. Ein reicher Erbe flüchtet vor dem Finanzamt durch die weite Welt. Am Schluß kehrt er zurück; hat nichts mehr zu flüchten. Geneppter als er ist höchstens der Fiskus. Dies der Rahmen für Nelsons Lieder.“

Der Kritiker, Berlin, 1. Novemberheft 1921

DKA

Rudolf Nelson

Berliner Cabarets
Am Klavier: Rudolf Nelson. Die wippenden, gleitenden, koketten Refrains dieser Lieder ‚perlen‘ über die Tasten, kaum bewegen sich seine Finger, aber da, wo der Kehrreim einzusetzen hat (Ritardando ... im Druck steht eine Fermate), fühlt man seine Freude an dem Schlager, an seinem gefälligen leichten Rhythmus. Er sitzt am Klavier, und man begreift die Bedeutung und die Wichtigkeit eines Chanson-Refrains.

Kurt Tucholsky

GW I 61

George Grosz, „Über alles die Liebe“

An das Publikum

Das Gesangsorchester Peter Janssens sang „An das Publikum“ 1976
in seinem Tucholsky-Programm „Merkt ihr nischt?“.

Peter Janssens

Musikrechte beim Peter Janssens Musik Verlag, Telgte in Westfalen.

em em D
Je - der Di - rek - tor mit dik - kem Po - po spricht: "Das Pu - bli - kum
D em D G am
will es so!" Je - der Film - frit - ze sagt: „Was soll ich
G C A D 4 3
ma - chen? Das Pu - bli - kum wünscht die - se zuck - ri - gen
G gm dm A
Sa - chen!" Je - der Ver - le - ger zuckt die Ach - seln und spricht:

D
„Gu – te Bü – cher gehn e – ben nicht!“ Sag mal, ver –
D G A hm
ehr – tes Pu – bli – kum: bist du wirk- lich so dumm? So
hm hm A
dumm, daß in Zei – tun – gen, früh und spät, im – mer we – ni – ger zu le – sen steht?
A hm hm
Aus lau – ter Furcht, du könn – test ver – letzt sein; aus lau – ter

A A hm
Angst, es soll nie-mand ver - hetzt sein; aus lau - ter Be - sorg - nis,
hm G G
Mül - ler und Cohn könn - ten mit Ab - be - stel - lung drohn?
gm2 F2
Aus Ban-gig - keit, es kä - me am En - de ei - ner der zahl - lo - sen
Eb F
Reichs-ver - bän - de und pro - te - stier - te und de - nun - zier - te und

gm F G
de - mon - strier - te und pro - zes - sier - te und pro - te - stier - te und
A D D
de - nun - zier - te. Sag mal, ver - ehr - tes Pu - bli - kum:
G A Langsamer am2
bist du wirk - lich so dumm? Ja, dann... Es la - stet auf die - ser
Cmaj7 D2 G
Zeit der Fluch der Mit - tel - mä - ßig - keit.

F C G
Hast du so einen schwachen Ma - gen? Kannst du kei-ne Wahrheit ver -
D am E E
tra - gen? Bist al - so nur ein Grieß-brei - Fres - ser? Ja,
A
dann . . . Ja, dann ver - dienst du's nicht bes - ser.
Schnell
D D G A Dmaj7
Sag mal, ver - ehr - tes Pu - bli - kum: bist du wirk- lich so dumm?

An den deutschen Mond

Hans-Herbert Winkel

C G/D D7 G
poco animato
zil – le und die Ve – nus - prie – ste – rin. Siehst Pas –
A7 D A
san – ten und die Bumm – ler und die bö – sen Geld – schein-
D D7 G D7/A G/H
schumm – – ler… Bist das al – les schon ge –
C
Ruhig
G/H D7
1.- 3.
G
4.
G
morendo
wohnt, gu - ter Mond, gu - ter Mond-! Mond-!
pp

An den deutschen Mond

Segelst langsam ob den Dächern
Siehst in Fenster und Büros,
Wo die Akten in den Fächern
Flüstern: „Wir sind Nosken los!"
Siehst in Fenster der Kasernen,
Wo sie Schwarz-Rot-Gold entfernen...
Bist das alles schon gewohnt,
Guter Mond, guter Mond –!

Kugelst dich am Firmamente
Über unsre große Stadt,
Siehst die dicke, schwere Rente
Die der Ludendorff noch hat.
Siehst auch nächstens, wenn es später
Manche freien Hochverräter...
Bist das alles schon gewohnt,
Guter Mond, guter Mond –!

Aber käme plötzlich einer,
Der trotz Lärmen und Gezisch
Schlüge – wie noch leider keiner –
Mit der Faust auf unsern Tisch –
Sagt der: „Militär kann gehen!"
Ei, dann bliebst du sicher stehen!
Denn das bist du nicht gewohnt,
Guter Mond, guter Mond –!

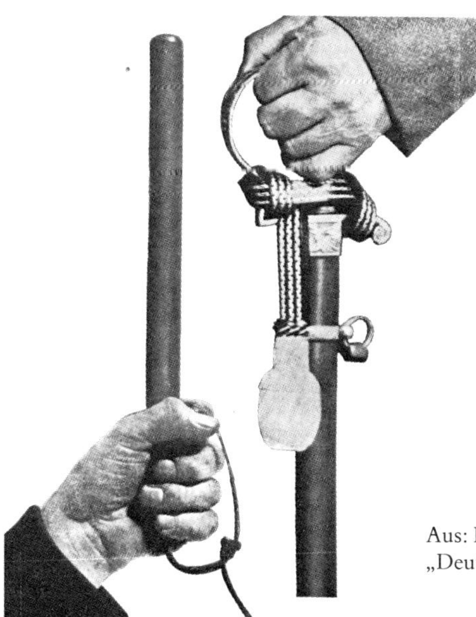

Aus: Kurt Tucholsky / John Heartfield,
„Deutschland, Deutschland über alles"

An die Berlinerin

Olaf Bienert

A♭ A♭7 D♭ B♭m E♭7 G7
Schwär-mer von dir phan-ta – siert? Sän-ge mit wo-gen-den
A♭/C F7 B♭m7 E♭7 A♭ F7
Nü – stern Ro – me – o, lie – bes – be – siegt,
B♭m E♭7 G7 A♭/C Fm B♭ E♭7
wür – dest du lei – se flü – stern: „Woll mit die Pau – ke je –
A♭ A♭o A♭7 D♭ D♭7
piekt…?“ Willst du ro – man – ti – sche Fe – ste,

G♭ Gm7/5- 1. 2. D♭/A♭ G♭7
gehst du beis Ki – no hin… Du bist doch Mut – terns
Fm7 B♭7 E♭m7 A♭13sus4 A♭7/9- D♭6
Be – ste, du, die Ber – li – ne – rin!
3. D♭/A♭ C7/G D♭/A♭ G♭7
Laß die mon- dä – ne Ge – ste! Bist ja doch Mut – terns
Fm7 B♭7 E♭m7 A♭13sus4 A♭7/9- D♭6
Be – ste, du sü – ße Ber – li – ne – rin!

Venus der Spree – wie so fleißig
liebst du, wie pünktlich dabei!
Zieren bis zwölf Uhr dreißig,
Küssen bis nachts um zwei.
Alles erledigst du fachlich,
bleibst noch im Liebesschwur
ordentlich, sauber und sachlich:
Lebende Registratur!
Wie dich sein Arm auch preßte:
gibst dich nur her und nicht hin.
Bist ja doch Mutterns Beste,
du, die Berlinerin –!

Wochentags führst du ja gerne
Nadel und Lineal.
Sonntags leuchten die Sterne
preußisch-sentimental.
Denkst du der Maulwurfstola,
die dir dein Freund spendiert?
Leuchtendes Vorbild der Pola!
Wackle wie sie geziert.
Älter wirst du. Die Reste
gehn mit den Jahren dahin.
Laß die mondäne Geste!
Bist ja doch Mutterns Beste,
du süße Berlinerin –!

Zeichnung Werner Klemke

THEATER
DIE GONDEL
1. PROGRAMM
W 9, Bellevuestr. 4
Tel.: Nollendorf 4156

KTA

Aus dem Repertoire des Theaters „Die Gondel" Berlin.
Auf Wiedersehn Marie
WANDERLIED VON
THEOBALD TIGER
MUSIK VON
HANS MAY

KTA

Die Weltbühne

Der Schaubühne XIX. Jahr

Wochenschrift für Politik · Kunst · Wirtschaft

Herausgeber · Siegfried Jacobsohn

Exzentrisches Theater

Heißt ‚Die Gondel', ist in der Bellevue-Straße 4, wurde am 1. Juni eröffnet, und da mußt du hingehen. Den Titel finde ich ungeschickt und die Reklame nicht minder. Früher war etwas Andres in dem Lokal. Jetzt sieht es grün und rot aus, wimmelt von kandierten Früchten und patinaüberhauchten Bronzefratzen, und von der Decke baumelt etwas herunter, was ich mir unter einer Sykomore vorstelle (von Professor Ernst Stern). Die platzanweisenden Mädichen tragen rote Schuh und rote Strümpfe und grünen Glasbatist (auch von Professor Ernst Stern) in den Haaren. Zwischen den Rippen des Bühnenrahmens bricht kalkiges Licht hervor. Das Ganze wirkt ein bißchen wie unter Wasser, wie verwunschen. Die Musik ist brillant.

. . . Das Publikum. O Gott. Was sich da breit macht! Menschen, die keinen Sinn dafür haben, wie hier in ehrlicher Arbeit und unter asketischem Verzicht auf Zote und tausendmal Dagewesenes ein Programm geschaffen wurde, das von einem anständigen, empfänglichen Publikum (also von dem Publikum, welches sich das Vergnügen, die ‚Gondel' zu besuchen, leider nicht mehr leisten kann) bejubelt werden würde.

Habt vielen Dank, Ihr Wackern. Es war sehr schön.

Hans Reimann

Die Weltbühne, XIX. Jahrgang, Nummer 24, 14. Juni 1923

Die „Gondel" schloß 1926

George Grosz,
„Das Gesicht der herrschenden Klasse"

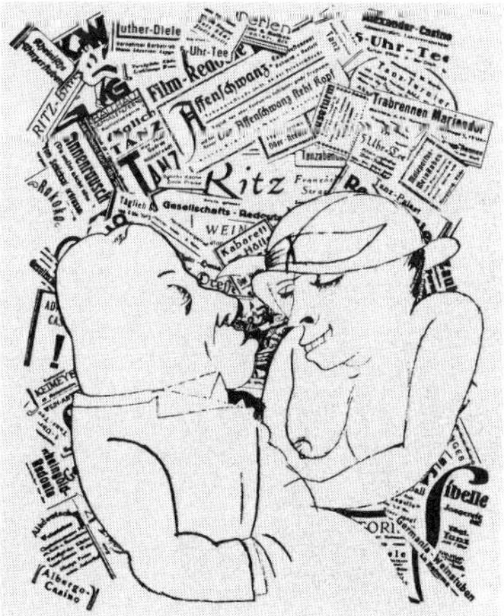

Auf Wiederseh'n Marie . . .

Ein Wanderlied

Hans May

B♭ F7 B♭ F7
Welt, juch – hei! Die Tip – pe – lei, Herr - gott, er –
B♭ F C7 F C
halt' se, weil uns das Tip - peln wohl ge – fällt, juch –
F F7 B♭
hei! Ein Schu – ster und ein Schnei – der und
F7 B♭
auch ein Stadt - koch lei – – der, mit der

F
Le - ber - Le - ber - wurst, mit der Le - ber - Le - ber - wurst, gu - te
p
mf
B♭
F7
B♭
Refrain
Nacht, auf Wie - der - seh'n, Ma - rie! Fal - schen
p
B♭
F7
Tritt, fal - schen Tritt, die gan - ze Kom - pa - gnie, fal - schen
B♭
Tritt, fal - schen Tritt, die gan - ze Kom - pa - gnie. Und

E♭ B♭ E♭
nur vom Hund die Bei - - ne, die lau - fen, lau - fen,
B♭ B♭ F7
lau - fen ganz al - lei - - ne. Gu - te Nacht, auf Wie - der-seh'n Ma -
1.-3.
B♭ F/C H° A♭7/C B♭ F7 B♭ F7
rie, gu te Nacht, auf Wie - der-seh'n Ma - rie! 2. Wir
4.
B♭ F B♭
rie! Auf Wie - der - seh'n Ma - rie, Ma - rie!
8va
p
fz
fz

Auf Wiederseh'n Marie...

Wir kommen in einen Flecken,
dann geht, ja geht das Fechten an, juchhei!
Da schultern wir den Wanderstecken,
und klopfen bei den Bauern an, juchhei!
Herr, wir sind drei Verdammte,
drei abgebaute Staatsbeamte,
mit der Leber-, Leberwurst, mit der Leberwurst,
gute Nacht, auf Wiederseh'n, Marie!
Falschen Tritt, falschen Tritt, die ganze Kompagnie,
falschen Tritt, falschen Tritt, die ganze Kompagnie.
Bei uns, da brennt's inwendig,
wir saufen, saufen, saufen wertbeständig.
Gute Nacht, auf Wiederseh'n Marie,
gute Nacht, auf Wiederseh'n Marie!

THEATER DIE GONDEL
Berlin, Bellevuestraße 4, am Potsdamer Platz
Direktion und künstlerische Leitung: Paul Leni — Hans May
Regie: John Gottowt und Paul Leni

Am Rhein, am Rhein und auch am Bober,
erwischt uns manchmal der Gendarm, o-weh!
Fix kriechen wir in einen Schober,
sonst kriegt uns noch der Kerl am Arm, o-weh!
Wir sehn's ja stets auf's neue,
der schwur dem Staat die Treue,
wegen der Leber-, Leberwurst, wegen der Leberwurst,
gute Nacht, auf Wiederseh'n, Marie!
Falschen Tritt, falschen Tritt, die Militärmusik,
falschen Tritt, falschen Tritt, die ganze Republik.
Wir können nachts nicht schlafen,
vor Flöhen, Flöhen und vor Paragraphen.
Gute Nacht, auf Wiederseh'n Marie,
gute Nacht, auf Wiederseh'n Marie!

Am Weg, da blüh'n die wilden Schlehen,
und auch die Liebe klopft mal an, ja-wohl!
Für die, die morgen weiter gehen,
da lehnt sie gern die Fenster an, ja-wohl!
Und schlagen früh die Finken,
dann tun wir manchmal winken,
mit der Leber-, Leberwurst, mit der Leberwurst,
gute Nacht, auf Wiederseh'n, Marie!
Falschen Tritt, falschen Tritt, die ganze Kompagnie,
falschen Tritt, falschen Tritt, die ganze Kompagnie.
Bekanntlich sind die Sterne
am schönsten, schönsten, schönsten aus der Ferne.
Gute Nacht, auf Wiederseh'n Marie,
gute Nacht, auf Wiederseh'n Marie!

THEATER DIE GONDEL
Berlin, Bellevuestraße 4, am Potsdamer Platz
Direktion und künstlerische Leitung: Paul Leni — Hans May
Regie: John Gottowt und Paul Leni

KTA

Augen in der Großstadt

Peter Fischer

Die Rechte liegen beim Komponisten.

E♭ C6 B♭9 E♭
trich - ter Mil - lio - nen Ge - sich - ter: Zwei frem - de
Fm7 B♭9 E♭ A♭m6
Au - gen, ein kur - zer Blick, die Brau - e, Pu -
Cm7 E♭m6 Fm B♭7 E♭j7 F 7
pil - len, die Li - der. Was war das? viel - leicht dein
B♭ 7 E♭ F B♭9
Le - bens-glück... Vor - bei, ver - weht, nie wie - der.

Eb
Du mußt auf dei – nem Gang durch Stä – dte
Bb
Cm
wan-dern; siehst ei – nen Puls-schlag lang den frem – den
Ab6/9
Fm7
Bb9
An – dern. Es kann ein Feind sein, es kann ein
Eb
C6
Freund sein, es kann im Kamp - fe dein Ge – nos – se
rit.

B♭9 E♭ Fm7 B♭9
sein. Zwei frem - de Au - gen, ein kur - zer
E♭ A♭m6 Cm7 E♭m6
Blick, die Brau - e, Pu - pil - len, die
Fm B♭7 E♭j7 F7 B♭
Li - der. Was war das? Von der großen Menschheit ein Stück!
E♭j7 F B♭9
Vor - bei, ver - weht, nie wie - der!

Augen in der Großstadt

Wenn du zur Arbeit gehst
am frühen Morgen,
wenn du am Bahnhof stehst
mit deinen Sorgen:
da zeigt die Stadt
dir asphaltglatt
im Menschentrichter
Millionen Gesichter:
Zwei fremde Augen, ein kurzer Blick,
die Braue, Pupillen, die Lider–
Was war das?
vielleicht dein Lebensglück...
Vorbei, verweht, nie wieder.

Du gehst dein Leben lang
auf tausend Straßen;
du siehst auf deinem Gang,
die dich vergaßen.
Ein Auge winkt,
die Seele klingt;
du hasts gefunden,
nur für Sekunden...
Zwei fremde Augen, ein kurzer Blick,
die Braue, Pupillen, die Lider;
Was war das?
kein Mensch dreht die Zeit zurück...
Vorbei, verweht, nie wieder.

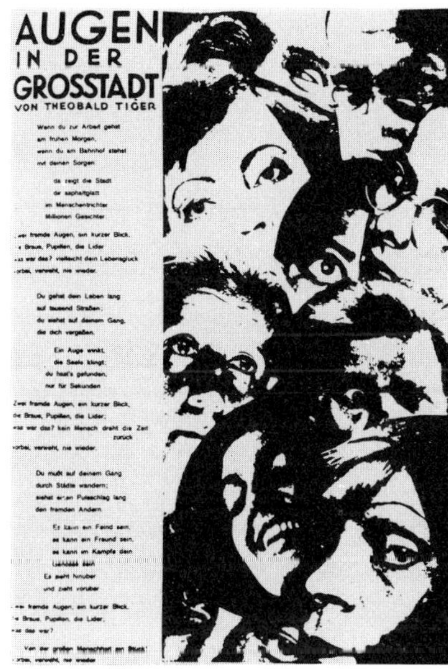

KTA

Du mußt auf deinem Gang
durch Städte wandern;
siehst einen Pulsschlag lang
den fremden Andern.
Es kann ein Feind sein,
es kann ein Freund sein,
es kann im Kampfe dein
Genosse sein.
Es sieht hinüber
und zieht vorüber...
Zwei fremde Augen, ein kurzer Blick,
die Braue, Pupillen, die Lider.
Was war das?
Von der großen Menschheit ein Stück!
Vorbei, verweht, nie wieder.

Aus!

Bernhard Eichhorn

1.
sich in der Unendlichkeit. Jedes trägt den andern mit sich herum.
schmolzen, und dann erkühlt – ihr wart euer Kind. Jede Hälfte sinkt nun herab –:
– etwas bleibt immer zurück.
8va
2.
Tempo I
ein neuer Mensch.
Jeder geht seinem kleinen Schicksal zu.
pp
Leben ist Wandlung.
Jedes Ich sucht ein Du.
Jeder sucht seine Zukunft.
Und geht nun mit stockendem Fuß,
vorwärtsgerissen vom Willen, ohne Erklärung und ohne Gruß
in ein fer-nes Land.
pp
ppp

Einmal müssen zwei auseinandergehn;
einmal will einer den andern nicht mehr verstehn --
einmal gabelt sich jeder Weg – und jeder geht allein –
wer ist daran schuld?

Es gibt keine Schuld. Es gibt nur den Ablauf der Zeit.
Solche Straßen schneiden sich in der Unendlichkeit.
Jedes trägt den andern mit sich herum –
etwas bleibt immer zurück.

Einmal hat es euch zusammengespült,
ihr habt euch erhitzt, seid zusammengeschmolzen, und dann erkühlt –
Ihr wart euer Kind. Jede Hälfte sinkt nun herab –:
ein neuer Mensch.

Jeder geht seinem kleinen Schicksal zu.
Leben ist Wandlung. Jedes Ich sucht ein Du.
Jeder sucht seine Zukunft. Und geht nun mit stockendem Fuß,
vorwärtsgerissen vom Willen, ohne Erklärung und ohne Gruß
in ein fernes Land.

Aus!

Aus!
Von Theobald Tiger

Einmal müssen zwei auseinandergehn;
einmal will einer den andern nicht mehr verstehn --
einmal gabelt sich jeder Weg — und jeder geht allein —
wer ist daran schuld?

Es gibt keine Schuld. Es gibt nur den Ablauf der Zeit.
Solche Straßen schneiden sich in der Unendlichkeit.
Jedes trägt den andern mit sich herum —
etwas bleibt immer zurück.

Einmal hat es euch zusammengespült,
ihr habt euch erhitzt, seid zusammengeschmolzen, und dann erkühlt —
Ihr wart euer Kind. Jede Hälfte sinkt nun herab —:
ein neuer Mensch.

Jeder geht seinem kleinen Schicksal zu.
Leben ist Wandlung. Jedes Ich sucht ein Du.
Jeder sucht seine Zukunft. Und geht nun mit stockendem Fuß,
vorwärtsgerissen vom Willen, ohne Erklärung und ohne Gruß
in ein fernes Land.

KTA

Ballade von der Fischersfrau

(Die Wartende)

Für Kate Kühl

Theobald Tiger

Aus dem Nachlaß. Aufführungsrechte Kurt Tucholsky-Archiv, Rottach-Egern.

F/C F A♭7 D♭ A♭ D♭
Bleib mir treu! Dein Na – me steht am Schiff –
C7 F G♭
weil ich jetzt von dir fah – re... Seit – dem steh
D♭/A♭ G♭/B♭A7/5- D♭/A♭ A♭7 D♭
ich am Riff– zehn la – an – ge Jah – re!

Tief auf dem Meeresgrund –
Schiff ahoi! Schiff ahoi!
schwimmt Fisch in seinem Mund –
Bleib mir treu! Bleib mir treu!
Da liegt er weich und warm –
mitten unter Strandgutwaren.
Manchmal nur winkt sein Arm
in zehn langen Jahren.

Jan und Veronika –
Schiff ahoi! Schiff ahoi!
tanzen zur Harmonika:
Bleib mir treu! Bleib mir treu!
Schwer fließt die Luft wie Wein
durch die Nacht, die wunderbare…
Es konnt kein anderer sein
zehn lange Jahre –!

Andre zur Kirche gehn –
Schiff ahoi! Schiff ahoi!
Mich sieht man draußen stehn –
Bleib mir treu! Bleib mir treu!
Denn was der Pfaff da jorrt,
das ist nur faule Ware.
Ich pfeif auf Gottes Wort
zehn lange Jahre!

Warte, wer warten mag.
Schiff ahoi! Schiff ahoi!
Ich erwart den jüngsten Tag –
Bleib mir treu! Bleib mir treu!
Vor Gott im Himmelssaal
schrei ich: Sieh meine Haare!
Du! Jetzt wart du einmal
hunderttausend Jahre –!

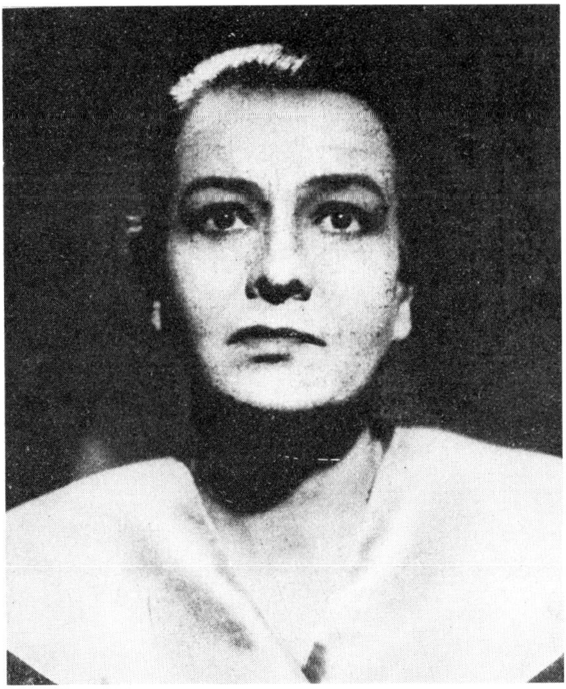

KTA

Kate Kühl

Die Barfrau

Edmund Nick

D7/9 G7/5+ C G7/5+
Was – ser – stoff mein Haar in der Bar.
mf
C C6 B♭m E♭7/9
8va
Sind die Bü – ros ge – schlos-sen, graut den
p
Ped. *
A♭ A♭7 Cm/G D♭/A♭
Her – ren vor zu Haus: dann hab'n sie noch 'ne
Cm/G Dm7/5- Cm/G Gm7/5- C7
„Kon – fe – renz“ und quat-schen sich hier aus! Na, ist doch

E♭7/B♭ E♭7 D♭ B♭m7/5-
wahr… na, ist doch wahr… im - mer
cresc.
A♭/E♭ Fm7 A♭7 G D♭5-/A♭
rü - ber, im - mer rü - ber ü - ber die Bar…
C7 C7/9/5+ F Am
Sei doch nicht so dumm, Schatz, ein
sfz
B♭ Dm Dm7 1.2.3. G7 G7/9-
Cog - nac scha - det nie! Zehn Pro - zent vom
4. 'n Man-
più f

F/C F♯o C7/G C7
Um - satz… und acht Mark Ga - ran - tie!
sfz
F Dm7 Gm7 C7/5+
(gesprochen:) Manhattan für den Herrn!
p
3 3
4.
G7 F/A C7
4. hat tan kann ste krie - gen, a - ber wollt' ich un - ter -
f
D D7 A0 Gm/D C7/9 sus4 C7/5+ F F6
lie - gen: müßt' ich kei - ne Bar - frau sein!

Die Barfrau

Da hockt der Kavalier und gähnt
auf seinem hohen Sitz in der Bar;
von einer Barfrau wünscht der Gent
'nen unanständigen Witz in der Bar.
Ich erzähl ihm klar und deutlich
die Pointe vorne an;
Damit so 'n abgehetzter Mann
ihn auch verstehen kann!
Na, ist doch wahr... na, ist doch wahr...
immer rüber, immer rüber über die Bar...
Sei doch nicht so dumm, Schatz,
ein Cognac schadet nie!
Zehn Prozent vom Umsatz...
was heißt denn hier Esprit!
Ein Portwein für den Herrn! (gesprochen)
Mal komm' sie auch mit ihren Frau'n
– das kann ich gut verstehn – in die Bar.
Was die sich nämlich nicht getrau'n,
das woll'n sie bei uns sehn in der Bar.
Da hab'n sie nun die Frauen,
und manche sind so süß...
Jenne zieh'n mit ei'm Gezumpel rum,
da wird ei'm aber mies!
Na, ist doch wahr... na, ist doch wahr...
immer rüber, immer rüber über die Bar...
Sei doch nicht so dumm, Schatz,
ein Cognac schadet nie!
Heb du man den Umsatz der Liebesindustrie!
Ein Glas Wasser für den Herrn!
Der Herr ist nicht wohl...! (gesprochen)
Manchmal spritzt aus den Kerlen raus
die reine Poesie... Schon jebongt!
Da heißt es dann: „Hier sitzen Sie
nu na, so 'ne Frau wie Sie!" Schon jebongt.
Lieber Freund, es ist die Wahrheit,
und wenn du dran erstickst:
Ich mixe Flips und Eiergrogs,
aber mit mir wird nicht gemixt!
Na, ist doch wahr... na, ist doch wahr...
Sei doch nicht so dumm, Schatz,
ein Flip ist auch ganz fein!
'n Manhattan kannste kriegen, aber wollt' ich unterliegen:
müßt ich keine Barfrau sein!

Gesungen
von
Ursula Herking

AdK

KTA

Durch Ihre so schlagkräftigen Texte wurde meine Musik erst populär! – Auch das ist wieder eine Gemeinheit von Ihnen!

Stets Ihr

B. d. 10/5. 22. Rudolf Nelson

Organ und Vortrag der Erlholz, ihre graziös wegwerfenden Bewegungen, die Texte Tucholskys, der bei allem Weltbürgertum echtester Berliner war, Nelsons Vertonung und sein meisterliches Klavierspiel, das auf dem Hintergrund des Orchesterchens im Scheinwerferlicht zu dominieren wußte – das gab ein kabarettistisches Gesamtkunstwerk, wie es in dieser Art einzig blieb. „Ich habe nie wieder einen Komponisten getroffen, der so auf meine Intentionen einzugehen verstand wie Rudolf Nelson!" schwärmte Tucholsky noch Jahre später.

Pem, „Heimweh nach dem Kurfürstendamm", Berlin 1952

KTA

Käthe Erlholz
Sie war mit Rudolf Nelson verheiratet

KTA

Tucholsky bei Nelsons in Heringsdorf, Anfang der zwanziger Jahre

Die Dame mit'n Avec

Aus: „Bitte zahlen", Revue in 7 Bildern
von Eugen Burg und Louis Taufstein, 1921

Käthe Erlholz in Liebe gewidmet!

Rudolf Nelson

E♭
könn' sie mir, könn' sie mir, könn' sie mir! Huch, die
Män – ner! Sie sind al – le hier, al – le hier,
B♭7/F B♭7
al – le hier nischt wie Pen – ner! Erst da
E♭
tun sie mäch – tig fein, la – den mich zum A – bend

Eo Bb/F Gm6/D Co F7
ein. Und ich kann mich dann nicht hal – ten, seh ich
Bb F7/Bb Bb7 Ab6
des Mo – no – kels Glanz: sag den Jun – gen und den
Ebmaj7/Bb Fm Bb7/9 sus4 Fm7/5- Bb7
Al – ten grad her – aus beim Fox – trott – Tanz: „Ich
molto leggiero
Eb Bb7 Eb
hab nu mal den Schwung ins Or – di – nä – re!

Eo Bb7/F Bb7 Bb7/F F#o
Ick bin die rich – ti – ge ber – li – ner
Eb/G Eb/Bb Eb Do
Bee – re! Und bei der Lie – be hopps ick jra – de
Cm Gm/Bb Am7/5- Ab7/5- Eb/G Eb/Bb
wie beim Zeck, ü – bern Rinn – stein, Rinn – stein,
Eb/G Eb/Bb F7 Bb13 Eb
3
Rinn – stein, Rinn – stein sst, mit 'n A – vec!“

Uffn Koppenplatz, Koppenplatz, Koppenplatz
lief ick lange.
Mitn Sabberlatz, Sabberlatz, Sabberlatz –
'ck wah 'ne Range –!
Und mit vierzehn Jahren schon
ging ich bei die Konfektion.
Das war eine feine Lehre
in dem großen Modenhaus;
und ich machte rasch Karriere,
aber manchmal kommt es raus – –
Ich hab nu mal den Schwung
ins Ordinäre!
Ick bin die richtige
berliner Beere!
Und bei der Liebe hopps ick jrade wie bein Zeck
nur übern Rinnstein, Rinnstein, Rinnstein
mit'n Avec!

Fahr ick viere lang, viere lang, viere lang
Eklipage,
sitz ich ersten Rang, ersten Rang, ersten Rang
in Kleidage:
Alle Leute drehn sich rum
Donner! die ist gar nicht dumm!
Züngelnd sitzt bei mir mein Hündchen.
Autsch! wie mein Brillantschmuck blitzt –
Aber spitze ich mein Mündchen,
weißte gleich, wer vor dir sitzt –!
Ich hab nu mal den Schwung
ins Ordinäre!
Ick bin die richtige
berliner Beere!
Und bei der Liebe hopps ick jrade wie bein Zeck
nur übern Rinnstein, Rinnstein, Rinnstein
mit'n Avec!

Danach

Olaf Bienert

H7 E E7 A D
Hel - den seinen Schnurrbart stip - pen, da hat sie nun den Schentel -
1.-3. 4.
A E7 A A
men. Na, un denn-? 2. Denn denn-?
(gesprochen)
A D A
5. Denn sind se alt. Der Sohn haut ab. Der
E7 A
Ol - - le macht nu ooch bald schlapp. Der

E E7 A H7
ol – le Mann denkt so zu – rück: Wat hat er nu von sei – nen
E E7 A D A E7
Jlück? Die E – he war zum jrößten Tei – le va - brüh - te
A A D
Milch un Lan - ge - wei - le. Und dar – um wird beim hap - py
A E7 A E7 A
end im Film je - wöhn - lich ab – je - blendt.
sf sf

Denn jehn die beeden brav ins Bett.
Na ja...diß is ja auch janz nett.
  A manchmal möcht man doch jern wissen:
  Wat tun se, wenn se sich nich kissn?
  Die könn ja doch nich imma penn...!
    Na, un denn –?

Denn säuselt im Kamin der Wind.
Denn kricht det junge Paar 'n Kind.
  Denn kocht sie Milch. Die Milch looft üba.
  Denn macht er Krach. Denn weent sie drüba.
  Denn wolln sich beede jänzlich trenn...
    Na, un denn –?

Denn is det Kind nich uffn Damm.
Denn bleihm die beeden doch zesamm.
  Denn quäln se sich noch manche Jahre.
  Er will noch wat mit blonde Haare:
  vorn doof und hinten minorenn...
    Na, un denn –?

Denn sind se alt.
                Der Sohn haut ab.
Der Olle macht nu ooch bald schlapp.
  Vajessen Kuß und Schnurrbartzeit –
  Ach, Menschenskind, wie liecht det weit!
  Wie der noch scharf uff Muttern war,
  det is schon beinah nich mehr wahr!
  Der olle Mann denkt so zurück:
  wat hat er nu von seinen Jlück?
  Die Ehe war zum jrößten Teile
  vabrühte Milch un Langeweile.
Und darum wird beim happy end
im Film jewöhnlich abjeblendt.

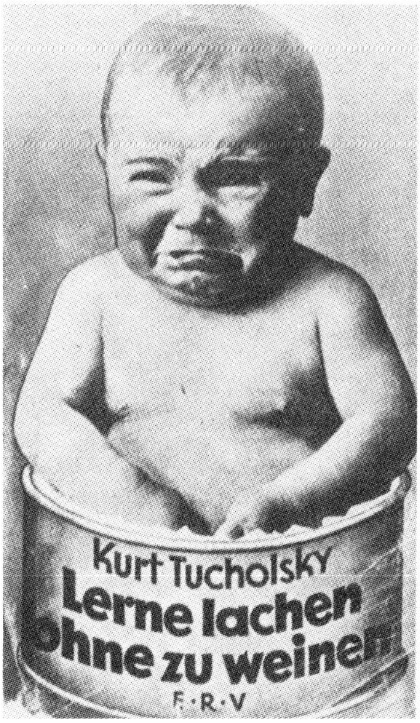

Schutzumschlag nach
einem Vorschlag von
Kurt Tucholsky, 1931

Dirndl-Lied

Aus: „Bitte zahlen“, Revue in 7 Bildern
von Eugen Burg und Louis Taufstein, 1921

Rudolf Nelson

G9 G7 C G
wird ihm zum Mo – dell. Wer hat im Sommer die
D7/A D7 ./. G
neu – e – ste Mo-de für Deutsch-land uns – kre – iert?
D7/A D7 D7/A D7
Na, mei – ne Her-ren, was meint – ihr wohl, – wen hat – man da ko –
G G7 Em G7 C C+ F6 Dm
piert? Hoch auf den Ber-gen, da gibt's kei – ne Sünd' und

G7/D G7 C C C+
kei - ne neu - e Zeit, da trägt die Senn'rin, das
F6 Dm G7/D G7 C G+
lieb - li - che Kind, ihr al - tes und schlich - tes Kleid! 1.-3. Ju -
C G+ C D7 A♭m7 A♭7 G G7 Em G7
hu! Ju - hu, mein Kind das kannst auch du.
rit.
C G7/D G7
Zieh doch dein Dirn - dl an vom Te - gern - see,
p

G7/D G7 ./. G/F C
daß ich dich küs-sen kann im grü-nen Klee!
Am E7/G♯ E7 E7/H E7 Am
Denn so ein Dirn-dl-kleid ist an-ge-nehm:
A♭ C+ C A♭ C+ C
Das sitzt dir vor-ne-rum, das sitzt dir hin-ten-rum,
f p f p
1.
Dm C♯o Dm G7sus4 G7 C Am G7 C
das sitzt dir ü-ber-all be-quem. Ju-hu!
f

2.
C
tacet
C
quem.
Tanz
f
ff
G
G7
C
A♭
C+
C
A♭
C+
C
Dm
C♯o
Dm
G7sus4
G7
C
Am
G7
C

Hast du ein älteres Sofakissen, hüt es sehr!
Und ein Stück Gardinenstoff, gib her, gib alles her!
Hast du noch einen Kindbetthimmel, heb ihn ordentlich auf
und nen gebatikten Lampenschirm, näh ihn drauf, näh ihn oben drauf!
Setze nur munter so Flicken an Fleck und ein Mieder irgendwo.
Lachen die Leute, dann sage nur: Heute, da gehn die Bauern so!
Juhu! Juhu, mein Kind, das kannst auch du.
Zieh doch dein Dirndl an vom Tegernsee,
daß ich dich küssen kann im grünen Klee!
Denn so ein Dirndlkleid ist angenehm:
Das sitzt dir vornerum,
das sitzt dir hintenrum,
das sitzt dir überall bequem. Juhu!

Geht mal die fette Kommerzienrätin nach Saint Maurice,
zieht sie sich ein Dirndl an, da wird selbst den Bergen mies.
Alle die Mädels vom Ort, die gehn natürlich in Zivil,
nur die dicke Kommerzienrätin geht im echten Bauernstil.
Auf solchen Busen der älteste Mann im Dorf sich nicht besinnt,
vorne die Perlen verkünden den Kerlen ein echt's Tirolerkind!
Juhu! Juhu, mein Kind, das kannst auch du.
Zieh doch dein Dirndl an vom Tegernsee,
daß ich dich küssen kann im grünen Klee!
Denn so ein Dirndlkleid ist angenehm:
Das sitzt dir vornerum,
das sitzt dir hintenrum,
das sitzt dir überall bequem. Juhu!

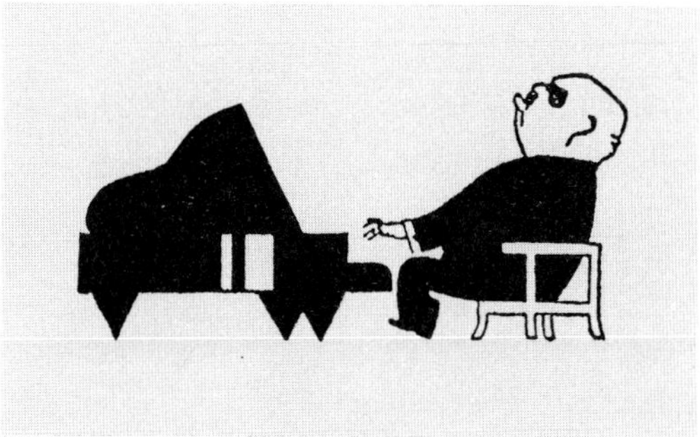

DKA

Rudolf Nelson

Kate Kühl

Weißt du noch, Kate, wie du bei den Proben Blut und Wasser schwitzen mußtest und ich nicht locker ließ, um deine sechsundvierzig Hände und Füße unter Kontrolle zu kriegen? Weißt du noch, wie du verzweifelt nach Kognak riefst, als du so gut wie fertig warst und ich immer noch nicht zufrieden war? Gib zu, so herrlich war's nie wieder! Und dann das schönste deiner Lieder, Tucholskys „Dorfschöne“

Wehn im Winde meine blauen Röcke, meine Röcke, meine Röcke,
sind die Jungens alle wie die Böcke –
wie die Böcke – meck – meck ...

und auch „Ich steh angelehnt, immer angelehnt, immer angelehnt an der Wand“. Ich sehe uns noch auf der Probe: Bleib fest mit beiden Armen an der Wand, Kate, erst beim letzten Vers: „Gestern abend, als die Vöglein sangen – sangen – sangen, kam ein Mann die Straße lang gegangen ...“, geh langsam nach vorn und breite die Arme weit aus bei: „nie mehr angelehnt, nie mehr angelehnt ...!“
Du wirst dich noch erinnern, nach all den vielen Jahren, an den Jubel, der dich umbrauste, ich war sehr stolz auf dich!

Trude Hesterberg, „Was ich noch sagen wollte“, Berlin 1971

Wilde Bühne

Künstlerische Leitung: Trude Hesterberg
Regie: Hans Janowitz / Kompositionen: W. R. Heymann

Eröffnungsprogramm

1. Prolog . . . . Trude Hesterberg
Text von Teobald Tiger

2. Der Roßdieb . . . . R. V. Blum
Ein Spiel von Hans Sachs

3. Bänkel . . . . Annamarie Hase
Millys Abenteuer (Leo Heller) / Ringelreihen (Leo Heller)

4. Balladen . . . . Isabel Herma
Moralisches Glockengeläute (W. Mehring) / Der Matrose Siebenhaar (Leo Heller)

5. Die Liebesnacht des Casanova
Ein Bild aus dem 18. Jahrhundert von Norbert Garai u. Richard Arvay
Casanova . H. M. Netto | Die Jofe . Luise Werckmeister
Ninetta . Isabel Herma | Sergeant . R. V. Blum

Pause

6. Wie ich wurde . . . . Vily Werckmeister
Ballade vom abgeschnittenen Zopf (Hans Janowitz)

7. Weiber . . . . Hadrian Maria Netto
Verse von Wedekind / Hans Adler / Hans Janowitz / H. M. Netto

8/9. Asphalt
Berlin j. d. (janz draußen) . . Trude Hesterberg
An den Kanälen (W. Mehring) / Mein Schorsch (Leo Heller) / Umzug (Leo Heller) / Der Boxer (Leo Heller)
Nachtspaziergänge . . . . Kurt Gerron
Das Chanson des Kabaretts (W. Mehring) / Der Mörder (Leo Heller) / Nachtspaziergang 1921 (Hans Janowitz)

10. Das Viech
Eine Schaustellung ohne einheitliche Handlung von Emerich Földes
Der Graf . H. M. Netto | Sie . Trude Hesterberg
Der Baron . R. Forster-Larrinaga | Die Jofe . Evelyne Sylva
Der Diener . Albert Paulig

Bühnenbilder: Marcel Slodki
Litterarische Beiräte: Walter Mehring, Eugen Szatmari
Am Flügel: A. Alexander

DKA

Werner Richard Heymann

Kurt Tucholsky an Kate Kühl

Fjalltorp Läggasta
Schweden

16-9-29

Liebe Kulicke,
schönen Dank für den netten Brief und Dank für den Dank. Na – vajessen hab ick Ihnen nicht. Also da ist es so:
Ich sitze hier oben in der Stille und arbeite – darunter auch Chansons. Ich habe noch kaum etwas herausgeschickt ... ich weiß nicht einmal, ob ichs überhaupt tun soll, Selbstamusement ist auch ganz schön. Ich muß Ihnen eine Beichte ablegen:
Vom Cabaret habe ich mich – wie vom Theater – fast ganz zurückgezogen und zwar aus einem ganz bestimmten Grunde. Es ist nicht nur die Sache mit der „Marie" – obgleich sie mich dicken, gutmütigen Mann nun wirklich dahin bekommen haben, nur noch gegen Kasse (prae) abzugeben – ich brauche wohl nicht hinzuzusetzen, daß das nichts mit uns zu tun hat. Nein, das Geld und die Unzuverlässigkeit allein ist es nicht.
Es ist vor allem dies:
Ich gebe einen Text heraus. Ich höre ihn, sagen wir: leise, gedehnt, ganz zart, fein. Nun kann der Schauspieler sagen: „Also das will ich nicht. Ich mag solche Texte nicht – außerdem ist der da mißglückt." Das ist sein *Recht*. Noch niemals habe ich mich mit irgendwem zerzankt, weil er was von mir nicht hat haben wollen. Soweit gut.
Aber nehmen, Kulicke, und denn komm ick hin: und da steht einer und hat sich vielleicht eine Ritterrüstung angezogen und bläst den Text durch ein Megaphon ... ich muß schon sagen ... Und *darum* mag ich kaum noch.
Immerhin: An was haben Gnädige Frau denn gedacht? Sie haben mir schon oft gute und wirkungsvolle Tips gegeben – manchmal genügt ein einziges Wort – und es sitzt. Wenn Sie wieder so was haben – dann her zu mir.
Wenn Sie „Herr Doktor" schreiben – höre ich das mit Ihrer schönsten, tiefsten Stimme ... Mitte Oktober komme ich in die Residenz – da wollen wir doch einmal einen heben – wie gehabt: bei Türke. Oder heißt das gar nicht mehr so –?
Mit vielen schönen Grüßen

wie immer
Ihr alter
Tucho

Die Staatsanwälte? Die reagieren ihr Liebesleben im Gerichtssaal ab.

Br. 164/165

Die Dorfschöne

Werner Richard Heymann
(Bearbeitung Jochen Breuer)

Em7 A D F Gm7
Bök - ke, meck meck. Wenn im hei - ßen Heu sie mich nur
Am7 F6 Gm7 C7 Fmaj7 F6 Hm7/5 -
wit - tern, nur wit - tern, nur wit - tern, dann be -
1.-2. Folge
A Hm7 A/C♯ E7/H A
gin - nen al - le gleich zu zit - tern, und dann sind sie ganz weg. Doch,
3. Folge
E7/H A E7/H A
3. noch ein' und noch ein' und noch ein' und noch ein'! Vor _

4. Folge
Breit
E7 A A7 D H7 H+
4. sah ihn nur an. 1. wenn sich al-les im-mer nach mir sehnt: Ich steh
Langsamer Walzer
Em7 A7 A+ D G D/A
an - ge-lehnt, im-mer an - ge-lehnt, im-mer an - ge-lehnt
1. 2. 3.
A11 A9 D G♯11 G♯ C/E maj7 A7/9-
an der Wand! 2. Wenn am
f
4.
A E11 A9 D A D
4. Gib mir dei - - ne Hand!

Wehn im Winde meine blauen Röcke, meine Röcke, meine Röcke –
sind die Jungens alle wie die Böcke –
wie die Böcke – meck – meck.
Wenn im heißen Heu sie mich nur wittern, nur wittern, nur wittern –
dann beginnen alle gleich zu zittern –
und dann sind sie ganz weg.
Doch, wenn sich alles immer nach mir sehnt –:
Ich steh angelehnt – immer angelehnt –
immer angelehnt an der Wand!

Wenn am Sonntag sie so richtig saufen – so saufen – so saufen –
ja, dann sind sie gleich dabei, zu raufen – zu raufen – Messer raus!
Und sie stampfen, und es klirren die Scheiben – die Scheiben – die Scheiben –
ohne Beule kann da keiner bleiben –
und es kracht das ganze Haus.
Doch eine steht dabei und lacht und gähnt –
immer angelehnt – immer angelehnt –
immer angelehnt an der Wand.

Neulich nahm ich mal ein Bad im Teiche – im Teiche – im Teiche –
und sie standen hinter einer Eiche –
und sie stierten auf mein Bein.
Doch ich narrte alle diese Böcke – die Böcke – die Böcke –
ich trug siebenundzwanzig Unterröcke –
immer noch ein' – und noch ein' – und noch ein' – und noch ein'!
Vor Gier und Hitze manches Auge tränt –
doch ich stand angelehnt – immer angelehnt –
immer angelehnt an der Wand.

Gestern abend, als die Vöglein sangen – sangen – sangen –
kam ein Mann die Straße lang gegangen –
ein junger kräftiger Mann.
In den braunen Augen lag ein Winken – ein Winken – ein Winken –
und ich ließ die beiden Arme sinken –
und ich sah ihn nur an.
Wie zum Sprung sich alles in mir dehnt...
nicht mehr angelehnt – nicht mehr angelehnt –
Gib mir deine Hand –!
Gib mir deine Hand –!

Einkäufe

Hanns Eisler

Musikrechte VEB Deutscher Verlag für Musik, Leipzig (VEB Breitkopf & Härtel Musikverlag).

C6
Ein Gum-mi-kis - sen, das nicht näßt?
C#m7/5-
rit.
G/D
D7
a tempo
Ein klei-nes Sei-fen-sie-der-licht? Das hat er noch nicht, das
sf
1.-3.
4.
G
D9 D11 D9 Gsus4 G
Gsus4 G
hat er noch nicht, das hat er noch nicht! 2. Wähl schon!
Fine

Wähl ich den Wiederaufbaukasten?
Schenk ich ihm noch mehr Schreibpapier?
Ein Ding mit schwarzweißroten Tasten;
ein patriotisches Klavier?
    Ein objektives Kriegsgericht?
    Das hat er noch nicht. Das hat er noch nicht!

Schenk ich den Nachttopf ihm auf Rollen?
Schenk ich ein Moratorium?
Ein Sparschwein, kugelig geschwollen?
Ein Puppenkrematorium?
    Ein neues gescheites Reichsgericht?
    Das hat er noch nicht. Das hat er noch nicht!

Ach, liebe Basen, Onkels, Tanten –
Schenkt ihr ihm was. Ich find es kaum.
Ihr seid die Fixen und Gewandten,
hängt ihrs ihm untern Tannenbaum.
    Doch schenkt ihm keine Reaktion!
    Die hat er schon. Die hat er schon!

Gesungen von Ernst Busch

George Grosz,
„Das Gesicht der
herrschenden Klasse“

Fang nie was mit Verwandtschaft an!

Aus: „Bitte zahlen", Revue in 7 Bildern
von Eugen Burg und Louis Taufstein, 1921

Rudolf Nelson

D Hm Em7 A7
Film – chi – ne – sen, A – sien, A – me – ri –
D6 D A7/9sus4
ka. Die Ge-schäf – te sind die – sel – ben
A7 D D7
bei – den Schwar – zen wie den Gel – ben; bist du flink,
D D/C G/H G/D G/H G♯o
dann drehst du je – des Ding und stehst als

D/A F#m Em A7 D
O - ber - mi - me da. Nur ei - nen
F#7/C# F#7 F#7/C# F#7 Hm
Volks - stamm gibt es hier auf Er - den, mit dem kann
A7/E A7 Fo A9 A7 D#o
kein Mensch rich - tig fer - tig wer - den. Fang
rit.
sff
A/E A A7 A D
nie was mit Ver - wandt - schaft an,
sff mf

A7/E A7 A7/E A9/G D/F♯ tacet
denn das geht schief, denn das geht schief!
f
C♯7/G♯ C♯7 C♯7/G♯ C♯7
Sieh lie - ber dir 'ne frem - de
mf
F♯m tacet G6 G
Land-schaft an, denn die Fa - mi - lie wird gleich
E7 A A7 A7sus4 A7 D♯o A/E A
so mas - siv. Und seist
sff sf mf

A7/E A7 D
du auch ein Lan - des - fürst, du sollst mal
A7/E A7 A7/E A7 D/F♯ D/A D/F♯ D7
sehn, mein Sohn, wie klein du wirst. Fang
G/H B♭7 D/A G♯o D/A E7 E5-
nie was mit Ver - wandt-schaft an, dann bist du
sostenuto
D/A A13/H sus4 A7/C♯ D
wirk - lich glück - lich dran.
rall.
morendo
pp

Deine Frau hat, Gott behüte!
zwei garnierte Winterhüte.
Schon platzt deine Schwägerin.
Onkel Max und Tante Fiechen
können sich nun mal nicht riechen.
Großmama sitzt alle Tage da,
du stehst im Testamente drin.
Siehst du den Nachlaß voller ernster Weihe,
dann hast du nichts wie lauter Kriegsanleihe.
Fang nie was mit Verwandtschaft an,
denn das geht schief, denn das geht schief!
Sieh lieber dir 'ne fremde Landschaft an,
denn die Familie wird gleich so massiv.
Du sitzt in der Mischpoche Schoß,
die lieben Leute wirst du niemals los.
Fang nie was mit Verwandtschaft an,
dann bist du wirklich glücklich dran.

Geht die ganze Welt auch unter,
die Familie frisch und munter
bleibt uns, wie man erzählt.
Alle sitzen am Äquator,
Schwiegermutter als Diktator,
Großpapa mit allen Babys da,
und nur ein einz'ges Mitglied fehlt,
denn auf dem Nordpol im kleinen Stübel
sitzt die Tante und nimmt übel.
Fang nie was mit Verwandtschaft an,
denn das geht schief, denn das geht schief!
Sieh lieber dir 'ne fremde Landschaft an,
denn die Familie wird gleich so massiv.
Denn so von Herzen hundsgemein
kann auf der ganzen Welt kein Fremder sein.
Fang nie was mit Verwandtschaft an,
dann bist du wirklich glücklich dran.

Aus: Kurt Tucholsky / John Heartfield, „Deutschland, Deutschland über alles“

Hilferding, Rudolf

Man sieht ihn überall, wo politisch was los ist: diesen mittelgroßen, ein bißchen untersetzten, schwarzlockigen Mann, mit den kleinen zwinkernden Augen hinter dem wippenden Kneifer, den etwas hervorstehenden kräftigen weißen Zähnen oder, richtiger, Hauern, diesem Lachen um die Mundwinkel und der immer qualmenden langen Zigarre. Ein politischer Peripathetiker. Einer, der im Umherwandeln Politik macht. Immer gesprächig. Immer witzig. Immer freundlich. Der Sonnenstrahl der Sozialdemokratie, der immer wieder die Wolken durchbricht.

Johannes Fischart in *Die Weltbühne* vom 11. November 1924

Hilferding, Rudolf (1877–1941, im KZ Buchenwald ermordet). Sozialdemokratischer Finanztheoretiker. Mit Hugo Haase und Karl Kautsky Führer der USPD, gegen deren Zusammenschluß mit der KPD er kämpfte (der 1920, nach der Ermordung Haases, vollzogen wurde: die Minderheit ging mit Hilferding zur SPD). 1923 und 1928/1929 Reichsfinanzminister. Hauptwerk: „Das Finanzkapital“, 1910.

„Der Große Brockhaus“

Müller, Hermann

Nicht, daß er ein Mann mit genialischer Geste und hinreißender Sprache wäre. Nein. Er schaut im Gegenteil recht harmlos und beinahe nichtssagend aus. Ein lang aufgeschossener, schlanker Mensch, der trotz seiner dreiundvierzig Jahre etwas Jünglingshaftes hat. Nachlässige Haltung. Wie ein schlenkernder Primaner. Anflug von Schnurrbart. Kurz geschnittenes, etwas hochgekämmtes Haar. Rundes Gesicht. Zwei Perlenaugen hinter uneingerahmten Brillengläsern. Freundlich im Wesen. Behutsam beim offiziellen Sprechen. Fähigkeiten im Organisieren. Das ist alles.

Johannes Fischart in *Die Weltbühne* vom 24. Juli 1919

Müller, Hermann (1876–1931). Sozialdemokratischer Politiker. 1919–1920 Außenminister. März 1920 nach dem Kapp-Putsch Reichskanzler. 21. Juni 1920 Rücktritt, da die Koalition aus Sozialdemokraten, Zentrum und Demokraten die Mehrheit verlor. Danach Vorsitzender der sozialdemokratischen Fraktion des Reichstags. Mitglied der Liga für Völkerbund. 1928–1930 abermals Reichskanzler.

„Der Große Brockhaus“

Feldfrüchte

Hanns Eisler

A♭ B♭7/F E♭/G Cm/E♭ Cm7 E♭/G
Sup-pen-kräu-ter, hun-dert Ar-ten, Bau-ern-blu-men,
E♭/B♭ B♭ E♭ E♭/G E♭ Fm7 B♭9
bun-ter Strauß. Pe-ter-si-lie und To-ma-ten,
E♭/G E♭ Fm7 B♭9 A♭ B♭7/F
ei-ne Boh-nen-ga-le-rie, ganz be-son-ders
E♭/G Cm/E♭ C7/G G♭o F7 B♭
ist ge-ra-ten der be-lieb-te Sel-le-rie. Ja, und

B♭7/D B♭7 B♭7/D B♭7 E♭6 B♭7/D B♭7 B♭7/D B♭7
hier? Ein klei-nes Wies-chen? Da wächst in der Er-de
E♭ B♭9- A° A♭6
leis das be-schei-de-ne Ra-
mf
E♭6/B♭ B♭9/5+ E♭ B♭9/5+ E♭
dies-chen: au-ßen rot und in-nen weiß.
ff

Sinnend geh ich durch den Garten
unsrer deutschen Politik;
Suppenkohl in allen Arten
im Kompost der Republik.
    Bonzen, Brillen, Gehberockte,
    Parlamentsroutinendreh...
Ja, und hier –? Die ganz verbockte
    liebe gute SPD.
Hermann Müller, Hilferlieschen
blühn so harmlos, doof und leis
wie bescheidene Radieschen:
        außen rot und innen weiß.

Hanns Eisler
Zeichnung von
Benedikt Fred Dolbin

Institut für
Zeitungsforschung, Dortmund

KURT TUCHOLSKY

(Peter Panter, Theobald Tiger, Ignaz Wrobel, Kaspar Hauser)

haßt:	liebt:
das Militär	Knut Hamsun
die Vereinsmeierei	jeden tapfern Friedenssoldaten
Rosenkohl	schön gespitzte Bleistifte
den Mann, der immer in der Bahn die Zeitung mitliest	Kampf
Lärm und Geräusch	die Haarfarbe der Frau, die er gerade liebt
„Deutschland"	Deutschland

KTA

Die Frau spricht

1. Die geschiedene Frau

Ja... da wär nun also wieder einer...
das ist komisch!
Vor fünf Jahren, da war meiner;
dann war eine ganze Weile keiner...
Und jetzt geht ein Mann in meiner Wohnung um,
findet manches, was ich sage, dumm;
lobt und tadelt, spricht vom Daseinszwecke
und macht auf das Tischtuch Kaffeeflecke –
Ist das alles nötig –?

Ja... er sorgt. Und liebt. Und ists ein trüber
Morgen, reich ich meine Hand hinüber...
Das ist komisch:
Männer... so in allen ihren Posen...
Und frühmorgens, in den Unterhosen...
Plötzlich wohnt da einer auch in meiner Seele.
Quält mich; liebt mich; will, daß ich ihn quäle;
dreht mein Leben anders, lastet, läßt mich fliegen –
siegt, und weil ich klug bin, laß ich mich besiegen...
Habe ich das nötig –?

Ich war ausgeglichen. Bleiben wir allein,
... komisch ...
sind wir stolz. So sollt es immer sein!
Flackerts aber, knistern kleine Flammen,
fällt das alles jäh in sich zusammen.
Er braucht uns. Und wir, wir brauchen ihn.
Liebe ist: Erfüllung, Last und Medizin.
Denn ein Mann ist Mann und Gott und Kind,
weil wir so sehr Hälfte sind.
Aber das ist schließlich überall:
der erste Mann ist stets ein Unglücksfall.
Die wahre Erkenntnis liegt unbestritten
etwa zwischen dem zweiten und dem dritten.
Dann weißt du. Vom Wissen wird man nicht satt,
aber notdürftig zufrieden, mit dem, was man hat,
Amen.

2. Eine Frau denkt

Mein Mann schläft immer gleich ein ... oder er raucht seine Zeitung
und liest seine Zigarre
... Ich bin so nervös ... und während ich an die Decke starre,
denke ich mir mein Teil.
Man gibt ihnen so viel, wenigstens zu Beginn. Sie sind es nicht wert.
Sie glauben immer, man müsse hochgeehrt
sein, weil man sie liebt.
Ob es das wohl gibt:
ein Mann, der so nett bleibt, so aufmerksam
wie am ersten Tag, wo er einen nahm ...?
Einer, der Freund ist und Mann und Liebhaber; der uns mal neckt,
mal bevatert, der immer neu ist, vor dem man Respekt
hat und der einen liebt ... liebt ... liebt ...
ob es das gibt?

Manchmal denke ich: ja.
Dann sehe ich: nein.
Man fällt immer wieder auf sie herein.

Und ich frage mich bloß, wo diese Kerls ihre Nerven haben.
Wahrscheinlich... na ja. Die diesbezüglichen Gaben
sind wohl ungleich verteilt. So richtig verstehen sie uns nie.
Weil sie faul sind, murmeln sie was von Hysterie.
Ist aber keine. Und wollen wir Zärtlichkeit,
dann haben die Herren meist keine Zeit.
Sie spielen: Symphonie mit dem Paukenschlag.
Unsere Liebe aber verzittert, das ist nicht ihr Geschmack.
Hop-hop-hop – wie an der Börse. Sie sind eigentlich nie
mehr als erotische Statisterie.
Die Hauptrolle spielen wir. Wir singen allein Duett,
leer in der Seele, bei sonst gut besuchtem Bett.

Mein Mann schläft immer gleich ein, oder er dreht sich
um und raucht seine Zigarre.
Warum? Weil ...
Und während ich an die Decke starre,
denke ich mir mein Teil.

3. Die Nachfolgerin

Ich hab meinen ersten Mann gesehn –
der ging mit einer!
Hütchen, Rock und Bluse (Indanthren)
und zwei Kopf kleiner!
Sie muß ihn wohl ins Büro begleiten...
Über den Geschmack ist nicht zu streiten.
Na, herzlichen Glückwunsch!

Sein Gehirn ist bei der Liebeswahl
ganz verkleistert;
wenn er siegt, dann ist er allemal
schwer begeistert.
Ob Languettenhemd, ob teure Seiden –
seinetwegen kann man sich in Säcke kleiden...
Na, herzlichen Glückwunsch!

Frau ist Frau. Wie glücklich ist der Mann,
dem das gleich ist!
Und für sowas zieht man sich nun an!
Als ob man reich ist!
Das heißt: für ihn...?
Wir ziehen unsre Augenbrauen
für und gegen alle andern Frauen.

Immerhin erwart ich, daß ers merken kann;
ich will fühlen, daß ich reizvoll bin.
Dreifach spiegeln will ich mich: im Glas, im Neid, im Mann.
Und der guckt gar nicht hin.

Liebe kostet manche Überwindung...
Männer sind eine komische Erfindung.

Die Frau spricht

4. Lamento

Olaf Bienert

Musikrechte Christian Bienert, Berlin.

E H E H
hat ei-nen Sitz im O-ber-amts-ge-richt. Er
E♭7/B♭ A7/5- D♭/A♭ A♭o E♭m A♭7 D♭
hat auch ei-ne Frau, das weiß er a-ber nicht. Er
E♭/G G♭m6 D♭/F B♭7/9- B♭7/5+
sagt: „Mein lie-bes Kind…" und ist sonst ganz ver-gnügt. Er ist ein
E♭7/9 D7/9 D♭6 A7/9 D7/9 F7 B♭6 G♭7 A5- A♭7
Mann. Und das ge-nügt. 2. Der deut-sche

D♭ E♭7/B♭ A♭7 B♭m7 E♭7 A♭ D♭7
Mann, Mann, Mann, das ist der un - ver - stan - dene Mann. Er
G♭ D♭ D♭7 G♭ D♭ H7
flir - tet nicht mit sei - ner Frau. Er kauft ihr doch den Hut! Sie
E H E H
sieht ihn von der Sei - te an, wenn er so schnarchend ruht. Ein
E♭7/B♭ A7/5- D♭/A♭ A♭o E♭m A♭7/9- D♭
klei - nes biß - chen Zärt - lich - keit, und al - les wä - re gut. Er ist ein Be -

Fm7 B♭7/9- E♭m A♭7/9sus4 A♭7 D♭
am – ter der Lie – be. Er läßt sich gehn. Er
Fm7 B♭7/9- E♭m F11 F B♭m D♭7
hat sie doch ge – hei – ra – tet, was soll jetzt noch geschehn? Der
E♭/G G♭m6 D♭/F B♭7/9- B♭7/5+
Mensch, der soll nicht schei-den, was Gott zu – sam-men – fügt. Er ist ein
E♭7/9 D7/9 D♭6 A7 D7 G7 D♭
Mann. Und das ge – nügt.
3
f
ff

Der deutsche Mann
Mann
Mann –
das ist der unverstandene Mann.
Er hat ein Geschäft, und er hat eine Pflicht.
Er hat einen Sitz im Oberamtsgericht.
Er hat auch eine Frau – das weiß er aber nicht.
Er sagt: „Mein liebes Kind…" und ist sonst ganz vergnügt –
Er ist ein Mann. Und das
genügt.

Der deutsche Mann
Mann
Mann –
das ist der unverstandene Mann.
Die Frau versteht ja doch nichts, von dem, was ihn quält.
Die Frau ist dazu da, daß sie die Kragen zählt.
Die Frau ist daran schuld, wenn ihm ein Hemdknopf fehlt.
Und kommt es einmal vor, daß er die Frau betrügt:
Er ist ein Mann. Und das
genügt.

Der deutsche Mann
Mann
Mann –
das ist der unverstandene Mann.
Er gibt sich nicht viel Mühe, wenn er die Frau umgirrt.
Und kriegt er nicht die eine, kommt die andere angeschwirrt.
Daher der deutsche Mann denn stets befriedigt wird.
Hauptsache ist, daß sie bequem und sich gehorsam fügt.
Denn er ist Mann. Und das
genügt.

Der deutsche Mann
Mann
Mann –
das ist der unverstandene Mann.
Er flirtet nicht mit seiner Frau. Er kauft ihr doch den Hut!
Sie sieht ihn von der Seite an, wenn er so schnarchend ruht.
Ein kleines bißchen Zärtlichkeit – und alles wäre gut.
Er ist ein Beamter der Liebe. Er läßt sich gehn.
Er hat sie doch geheiratet – was soll jetzt noch geschehn?
Der Mensch, der soll nicht scheiden, was Gott zusammenfügt.
Er ist ein Mann. Und das
genügt.

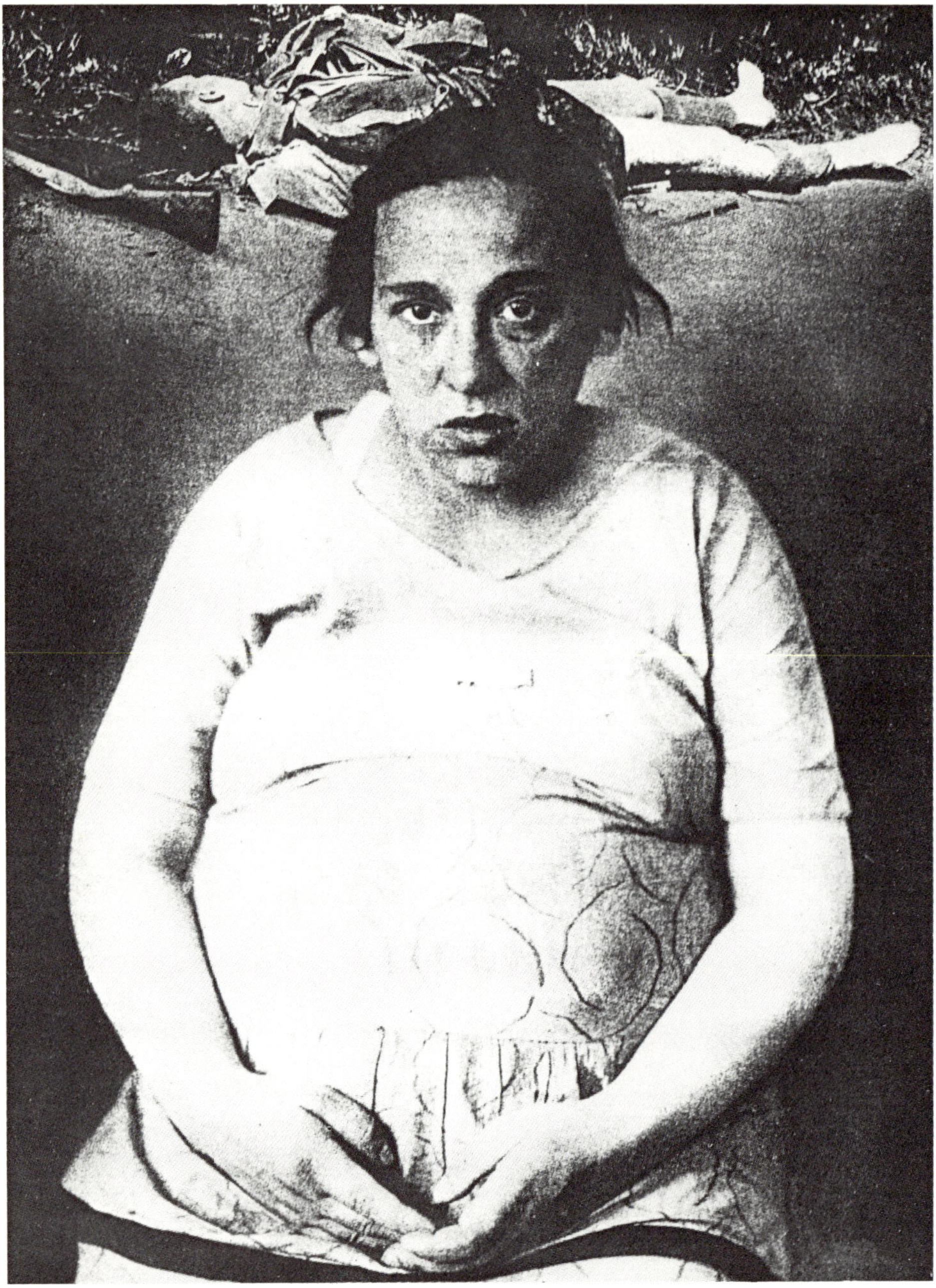

John Heartfield, *AIZ* vom 12. März 1930

Ihr Mütter, lasset eure Kinder leben . . . !

Der Graben

Hanns Eisler

E♭ Cm7 Fm6 Dm7/5- A♭/C Gm/B♭ Fm/A♭ E♭/G
und du hast ihm lei – se was er – zählt? Bis sie ihn dir weg – ge –
Fm7 G/F Fm/E♭ A♭maj7 Dm7/5- G7
nom – men ha – ben. Für den Gra – ben, Mut – ter, für den
Cm A♭ E♭/G Cm7
Gra – ben. 3. Drü – ben die fran – zö – si – schen Ge – nos – sen
Fm7 A♭/B♭ E♭ A♭
la – gen dicht bei Eng – lands Ar – beits mann. Al – le ha – ben sie ihr

E♭/G Cm7 Fm6 Dm7/5-
Blut ver - gos - sen, und zer - schos - sen ruht heut
Fm6 Dm7/5- A♭/C Gm/B♭ Fm/A♭ E♭/G Fm7 G/F Fm/E♭
Mann bei Mann. Al - te Leu - te, Män - ner, man - cher Kna - be
A♭maj7 Dm7/5- G7 Cm
in dem ei - nen gro - ßen Mas - sen - gra - be.
E♭6 Cm7 Fm6 Dm7/5-
5. Denkt an To - des - rö - cheln und Ge - stöh - ne.

E♭6 Cm7 Fm6 Dm7/5- E♭ Cm7
Drü - ben ste - hen Vä - ter, Müt - ter, Söh - ne, schuften schwer, wie ihr, ums
Fm C/E E♭ Cm7 Fm6 Dm7/5-
biß - chen Le - ben. Wollt ihr de - nen nicht die Hän - de ge - ben?
A♭/C Gm/B♭ Fm/A E♭/G Fm7 G/F Dm7/5-
Reicht die Bru - der - hand als schön - ste al - ler Ga - ben
Fm7 G7 Cm Fm7 G7 Cm9 Cm
ü - bern Gra - ben, Leu - te, ü - bern Gra - ben!

Mutter, wozu hast du deinen aufgezogen?
Hast dich zwanzig Jahr mit ihm gequält?
Wozu ist er dir in deinen Arm geflogen,
und du hast ihm leise was erzählt?
    Bis sie ihn dir weggenommen haben.
    Für den Graben, Mutter, für den Graben.

Junge, kannst du noch an Vater denken?
Vater nahm dich oft auf seinen Arm.
Und er wollt dir einen Groschen schenken,
und er spielte mit dir Räuber und Gendarm.
    Bis sie ihn dir weggenommen haben.
    Für den Graben, Junge, für den Graben.

Drüben die französischen Genossen
lagen dicht bei Englands Arbeitsmann.
Alle haben sie ihr Blut vergossen,
und zerschossen ruht heut Mann bei Mann.
    Alte Leute, Männer, mancher Knabe
    in dem einen großen Massengrabe.

Seid nicht stolz auf Orden und Geklunker!
Seid nicht stolz auf Narben und die Zeit!
In die Gräben schickten euch die Junker,
Staatswahn und der Fabrikantenneid.
    Ihr wart gut genug zum Fraß für Raben,
    für das Grab, Kamraden, für den Graben!

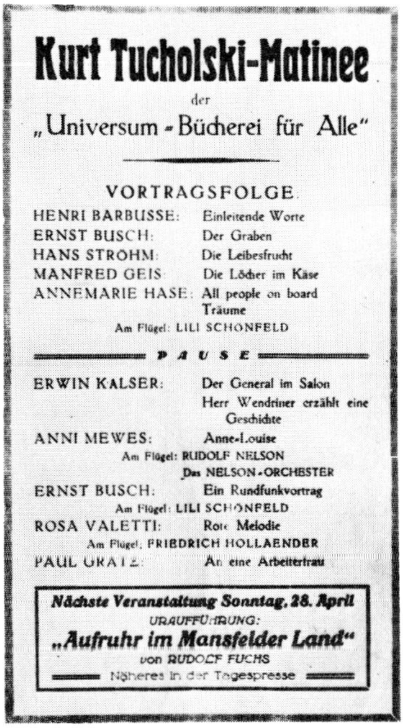
Kurt Tucholski-Matinee
der
„Universum-Bücherei für Alle"

VORTRAGSFOLGE
HENRI BARBUSSE: Einleitende Worte
ERNST BUSCH: Der Graben
HANS STROHM: Die Leibesfrucht
MANFRED GEIS: Die Löcher im Käse
ANNEMARIE HASE: All people on board
Träume
Am Flügel: LILI SCHONFELD

PAUSE

ERWIN KALSER: Der General im Salon
Herr Wendriner erzählt eine Geschichte
ANNI MEWES: Anne-Louise
Am Flügel: RUDOLF NELSON
Das NELSON-ORCHESTER
ERNST BUSCH: Ein Rundfunkvortrag
Am Flügel: LILI SCHONFELD
ROSA VALETTI: Rote Melodie
Am Flügel: FRIEDRICH HOLLAENDER
PAUL GRATZ: An eine Arbeiterfrau

Nächste Veranstaltung Sonntag, 28. April
URAUFFÜHRUNG:
„Aufruhr im Mansfelder Land"
von RUDOLF FUCHS
Näheres in der Tagespresse

KTA

Programmzettel einer Matinee am 24. März 1929 in der Piscator-Bühne am Nollendorfplatz in Berlin

Werft die Fahnen fort!
                Die Militärkapellen
spielen auf zu euerm Todestanz.
Seid ihr hin: ein Kranz von Immortellen –
das ist dann der Dank des Vaterlands.

Denkt an Todesröcheln und Gestöhne.
Drüben stehen Väter, Mütter, Söhne,
schuften schwer, wie ihr, ums bißchen Leben.
Wollt ihr denen nicht die Hände geben?
Reicht die Bruderhand als schönste aller Gaben
übern Graben, Leute, übern Graben –!

Der Effekt, der im Cabaret aus den Stimmungskontrasten gezogen wird, ist wirklich unüberbietbar; wenn man bedenkt, daß von achthundert Menschen unter tausend das Cabaret als harmlose Amüsierstätte angesehen und besucht wird, kann man den gesunden seelischen Schock ermessen, den ein zwischen zwei parodistische Lustigkeiten hingepfeffertes soziales Chanson auslösen kann; hier kann – wie nirgendwo anders – unter dem Deckmantel entspannender Abendunterhaltung plötzlich eine Giftoblate verabreicht werden, die suggestiv eingegeben und hastig verschluckt, weit über den harmlosen Abend hinaus das gemütlich rollende Blut entzündet, das träge Hirn zum Denken aufreizt. Musik als Verführerin, sie schafft es immer, wenn sie Magie im Leibe hat: als Choral in der Kirche, als Militärmusik vor der Kompagnie, als Anklage auf dem Podium.

Das ist das eine Profil der Musik im Cabaret. Ihr andres ist der Witz. Nicht ist gemeint jener billige Witz als Selbstzweck, der musikalische Kalauer, der aus dem Hörer ein Lachen herausschüttelt, dessen er sich später schämt. Sondern der königliche Witz, der in der liebevollen Verspottung allzu menschlicher Schwächen jenem das Bewußtsein seiner Stärke wiedergibt. Davon wird er auf dem Heimweg froh.

Da muß nun die malende Musik, wenn sie karikierend Personen, Dinge, Gewohnheiten, Alltägliches fassen und pünktlich auf die Sekunde ins Ziel gehen soll, durchaus superlativ sein; das heißt: sie soll vom Kranken das Kränkste, vom Geschwätzigen das Geschwätzigste, vom Perversen das Perverseste, vom Geizigen das Sparsamste in sich tragen und ausdrücken.

Die parodistische Entlarvung einer Substanz geschieht am schlagendsten durch Aufzeigung ihrer Armseligkeit, oder ihres vorgetäuschten Überschusses, beide Male durch Unterstreichung.

Friedrich Hollaender

Die Weltbühne, XXVIII. Jahrgang, Nummer 5, 2. Februar 1932

Trude Hesterberg mit Heinrich Mann bei einem Festabend im Berliner Bühnenclub

KTA

Hawa-i

Gesungen von Trude Hesterberg

Friedrich Hollaender

Anmerkung für den Komponisten

Die Vorstrophe ist gearbeitet nach „Sonnenstrahlen" Elektrola EG 792. Vielleicht gibt es eine Möglichkeit, das „A-i, Hawa-i" als Parodie der Guitarrentöne zu bringen.

Als Manuskript im Kurt Tucholsky-Archiv. Anfragen wegen der Musikrechte an Ursula L. Dellinger-Börner, München.

B♭7/E♭
E♭
zu Schif - fe um die Welt.
E♭6
Und er hielt an je - dem Ei - - land,
B♭7/E♭
E♭
denn er hat - te sehr viel Geld!
A♭13
E♭6
A♭13
Und er kam im Mo - nat Ma - i auch nach Ha -

E♭6
A♭13
G7
Gm7
B♭
wa - i im O - ze - an;
E♭6
und er sprach dort in der Ba - - i
B♭7/E♭
E♭
ei - ne brau - ne Jung - frau an:
Refrain
B♭7
„A - - i! Ha - wa - - i!

E♭6 Gm/D E♭6 B♭7
Wir wolln mal bei - de sehn – A – –
i! Ha - wa – i!
E♭6 Gm/D
wie uns - re Ak - tien
E♭6 G7
stehn! Willst du bei mir mal
Cm Fm6/C Cm
ku – – scheln: krieg - ste ei – ne Kau - ri - mu - schel –

Fm6 Cm6 Cm7+ Cm7 F7 F♯o
krieg – ste noch 'ne Kau – ri – mu – schel, kriegste 'n gan – zen
E♭/B♭ Cm F7 B♭7 E♭6
Korb voll Mu – – – scheln-!"
B♭7
A – – i! Ha – wa – – i!
E♭6 E♭

Und sie lebten froh zusammen
in dem Bananenhain.
Aus der Jungfrau schlugen Flammen,
heiß wie Feuerschein.
Überfiel sie süß ein Ahnen
bei den Bananen,
hat er gemahnt:
„Kind, jetzt laß doch die Schikanen –
es hat sich ausbanant – –
A–i!
Hawa–i! Wir wolln mal beide sehn –
A–i!
Hawa–i! wie unsere Aktien stehn!
Willst du bei mir mal kuscheln:
kriegste eine Kaurimuschel –
kriegste noch 'ne Kaurimuschel,
kriegste 'n ganzen Korb voll Muscheln –!"

Doch es kamen Kriegsmarinen,
Kapitän und Leutenant;
und für süße Apfelsinen
brachten sie Geld an Land.
Als der Gent nun auf den Kissen
wie stets wollt küssen
ihr weiches Haar,
sprach sie: „Sie scheinen nicht zu wissen,
ich lieb nur gegen bar – –
A–i!
Hawa–i! Jetzt wolln wir doch mal sehn –
A–i!
Hawa–i! wie unsere Aktien stehn!
Du darfst bei mir nicht kuscheln:
nicht für eine Kaurimuschel –
nicht für noch 'ne Kaurimuschel,
nicht für 'n ganzen Korb voll Muscheln!"

Daher fuhr der Gent aus Mailand
durch Brandung und durch Gischt
wieder ab von jenem Eiland –
denn zahlen wollt er nischt.
Und er fuhr dann über Passau
nach Hessen-Nassau,
wo's Mädchen gibt...
Und er hat in Hessen-Nassau
immer umsonst geliebt...
A–i!
Hawa–i! Wir beide wolln mal sehn –
A–i!
Hawa–i! wie unsere Aktien stehn!
Willst du bei ihr mal kuscheln –
zahl ihr eine Kaurimuschel –
zahl ihr noch 'ne Kaurimuschel –
(platzt sie, platzt sie!)
zahl ihr 'n ganzen Korb voll Muscheln–!

Die Dame, Berlin

Heinrich Zille

Hans-Herbert Winkel

Der 4. und 5. Vers werden melodramatisch gesprochen, während der Pianist die Melodie mit einbezieht. Nur die Worte: „Hoch det Deutsche Reich“ (4. Vers) und „Du hast jesacht, wies is“ (5. Vers) werden gesungen.

Kleene Jöhren mit Pipi
un vabogne Fieße;
Tanz mit durchjedrickte Knie,
er sacht: „Meine Sieße!"
Stank und Stunk, berliner Schmiß...
Du hast jesacht, wies is.

Jrimmich wahste eijntlich nich –
mal traurich un mal munta.
Dir war det jahnich lächalich:
„Mutta, schmeiß Stulle runta –!"
Leierkastenmelodien...
Menschen in Berlin.

Int Alter beinah ein Schenie –
Dein Bleistift; na, von wejn...!
Janz richtich vastandn ham se dir nie –
die lachtn so übalejn.
Die fanden dir riehrend un komisch zujleich.
Im übrijen: Hoch det Deutsche Reich!
Malen kannste.
Zeichnen kannste.
Witze machen sollste.
Aba Ernst machen dürfste nich.
Du kennst den janzen Kleista –
den ihr Schicksal: Stirb oda friß!
Du wahst ein jroßa Meista.
Du hast jesacht, wies is.

Claire Waldoff
gezeichnet von Heinrich Zille

Die Herren Männer

Friedrich Hollaender

Als Manuskript im Kurt Tucholsky-Archiv. Anfragen wegen der Musikrechte an Ursula L. Dellinger-Börner, München.

C♯o B♭7/D Eo B♭7/F G7/5+ E♭6
durch die Zim – mer to – sen. Ach, die Ker – le!
Ao 3 E♭13 E♭
Und dann put – zen sie sich die Zäh – ne,
F♯m 3 H7 E11 E E/5+
und dann fin – den sie nischt al – lee – ne, und dann
A F♯7/5+ H G7 C G♭7
stör'n sie uns und ma – chen mor – gens Krach… Ach – –

E♭ chrom abwärts
G°
Ach, die Ker-le, ach, die Ker-le, ach, die Ker-le!
A♭ H° B♭m E♭7 A♭
Je-der Mann denkt: er hat al-lein_ 'nen Fin-ger.
H° B♭m E♭7 E♭7/5+
Je-der Mann denkt: er hat ein Mo-no-
A♭ Cm
pol! Da-bei gibt es doch Mil-

F7
lio – nen sol – cher Sa – chen.
E♭maj7 C7 Fm A♭m
Was sie von uns Frau-en wis-sen, was sie von uns Frau-en wis-sen,
F7sus4 B♭7 E♭7 D7 E♭7
was sie von uns Frau – en wis – sen, ist ja Kohl!
A♭7 G♭ A♭7 D♭o 6 D♭
Mit dem Mo – no – pol, das kommt noch sehr drauf an

E7 A♭ B♭m
A - ber schließ - lich: Kerl ist Kerl, und
A♭/C E♭m F7 B♭ B♭7
Mann — ist Mann! A - ber schließlich: Kerl ist
E7 C C7 C C7 A7 H°
Kerl, — und A - ber schließlich: Kerl ist Kerl, — und —
A♭/E♭ E♭13/9- A♭
Mann ist Mann!
8va
f
sfz

Und dann ziehn sie sich vorm Spiegel – denn sie sind doch eitel –
Ach, die Kerle!
Auf dem glattrasierten Kopp 'nen kleinen Kinderscheitel –
Ach, die Kerle!
Elejant sind sie zum Quieken
Doch du darfst sie nicht bekieken
Nackt im Badezimmer – denn dann wird dir schwach...
Ach –
Ach, die Kerle! Ach, die Kerle! Ach, die Kerle! –
Jeder Mann denkt: er hat nur allein 'nen Finger –
Jeder Mann denkt: er hat ein Monopol.
Dabei gibt es doch Millionen solcher Sachen.
Was sie von uns Frauen wissen, ist ja Kohl!
Mit dem Monopol, das kommt
noch
sehr
drauf
an –
Aber schließlich: Kerl ist Kerl, und Mann ist Mann!

Wenn sie schon so ankomm' und sie wolln uns lieblich necken –
Ach, die Kerle!
Na, dann weiß ich schon, dann ham sie meistens Dreck am Stecken
Ach, die Kerle!
Wenn sie wie ein Gockel wandern,
Gehn sie grade zu 'ner Andern –
Und die muß man sehn, das Stückchen Ungemach – –
Ach – –
Ach, die Kerle! Ach, die Kerle! Ach, die Kerle! –
Jeder Mann denkt: er hat allein 'nen Finger –
Jeder Mann denkt: er hat ein Monopol.
Dabei gibt es doch Millionen solcher Dinger!
Gegen Ehescheidung hilft allein Odol.
Mit dem Monopol, das kommt
noch
sehr
drauf
an –
Aber schließlich: Kerl ist Kerl, und Mann ist Mann!

Ideal und Wirklichkeit

Hanns Eisler

G6 E7/G# E7 A9sus4 A
hät - ten, was uns, weil es nicht da ist,
D Cm7
lei - se quält. Du prä - pa - rierst dir im Ge -
D Cm7 rit.
dan - ken - gan - ge das, was du willst, und nach - her
D D/C Hm7 Em/G
poco pesante
kriegst dus nie… Man möch - te im - mer

D/A Hm7 H7/9- Em
ei – ne gro – ße Lan – ge, und dann be – kommt man
vivo G/H Hm A7/9 1. D
ei – ne klei – ne Dik – ke – C'est la vie!
pp
2. D D
2. Sie muß sich wih! 3. Man möch – te ei – ne
G6
hel – le Pfei – fe kau – fen und kauft die dunk –

E7/G♯ E7 A9sus4 A D
– le, and – re sind nicht da. Man möch – te je – den
G6 E7/G♯
Mor – gen dau – er – lau – fen und tut es nicht,
E7 A9sus4 A D
und tut es nicht. Bei – nah… bei – – nah…
Cm7 D
Wir dach – ten un – ter kai – ser – li – chem

Cm7
rit.
Zwan - ge an ei - ne Re - pu - blik… und
D
3
D/C Hm7
poco pesante
Em/G
nun ists die! Man möch - te im - mer
D/A Hm7 H7/9- Em
ei - ne gro - ße Lan - ge, und dann be kommt man
G/H Hm A7/9 D
ei - ne klei - ne Dik - ke - Ssä - la - wih!
pp

Sie muß sich wie in einem Kugellager
in ihren Hüften biegen, groß und blond.
Ein Pfund zu wenig – und sie wäre mager,
wer je in diesen Haaren sich gesonnt...
  Nachher erliegst du dem verfluchten Hange,
  der Eile und der Phantasie.
  Man möchte immer eine große Lange,
  und dann bekommt man eine kleine Dicke –
    Ssälawih –!

Man möchte eine helle Pfeife kaufen
und kauft die dunkle – andere sind nicht da.
Man möchte jeden Morgen dauerlaufen
und tut es nicht. Beinah... beinah...
  Wir dachten unter kaiserlichem Zwange
  an eine Republik... und nun ists die!
  Man möchte immer eine große Lange,
  und dann bekommt man eine kleine Dicke –
    Ssälawih –!

Zeichnung Werner Klemke

Reinhardt – das ist unser berühmtester Theaterdirektor – macht einen großen Zirkus auf, in dem der Schauspieler auf ungeheurer Bühne für fünftausend Menschen spielt. Im Erdgeschoß ist ein großes Cabaret. Die Leute sind an mich herangetreten – ob ich ihnen nicht für das Cabaret die Texte schreiben will. Ich habe ihnen vorgestern einen Vertragsentwurf zugeschickt, der mich unabhängig von ihren Erfolgen für den Winter gut stellt. Mündlich haben sie sich einverstanden erklärt – aber bei Theaterleuten will das gar nichts heißen. Und ich arbeite nur, wenn ich schwarz auf weiß in der Tasche habe, was ich verlangen kann. Wollen sehen. Dazu sind noch andre kleine Angebote gekommen – ja, das ist alles ganz nett – aber nicht sicher genug. Und jeder Tag –

Brief Tucholskys an Mary Gerold vom 2. Oktober 1919

Die Schauspieler für das Cabaret Reinhardts sind nur in späten Stunden frei, wir bauen Texte, und ich habe zu tun, daß mir der Kopf brummt. Ich denke, daß es eine gute Reklame sein wird. Begeistert bin ich von meiner Arbeit bisher nicht, aber das bin ich nie. Die andern finden sie gut. am 29. Oktober 1919

„Schall und Rauch" – das ist das kleine Cabaret Reinhardts – hat heute abend seine Premiere, wir haben nächtelang probiert, und ich denke, daß das zweite Programm im Januar besser wird als das sehr schlechte erste. Die Holl singt von mir zwei Lieder – sie macht es hinreißend. am 1. Januar 1920

Leben 258 ff

SCHALL UND RAUCH

IM GROSSEN SCHAUSPIELHAUS

Direktion: RUDOLF KURTZ

Künstlerischer Beirat: PAUL ERKENS, HEINZ HERALD, FRIEDRICH HOLLÆNDER, KLABUND, THEOBALD TIGER

JANUAR-PROGRAMM:

ERSTER TEIL

1. FRITZ FELD: Der Wundertheaterdirektor
   Text: Klabund — Kostümentwurf: Rudi Feld
2. ÄNN HEUSINGER: Lieder zur Laute
   1. Hamburger Hurenlied
      Text: Klabund — Musik: Werner R. Heymann
   2. Matrosenlied
      Text: Klabund — Musik: Werner R. Heymann
   3. Das kesse Lied
      Text: Walter Mehring — Musik: Friedr. Hollaender
3. HILDE GAD: Tänze
4. OLLI SUOLAHTI: Finnischer Kantelespieler
5. GUSSY HOLL:
   1. Der Korporal
      Text: Walter Heymann — Musik: Dr. Hirsch
   2. Immer um die Litfaßsäule 'rum
      Text: Theobald Tiger — Musik: Friedr. Hollaender
   3. Petronella
      Text: Theobald Tiger — Musik: Friedr. Hollaender
   4. Bauernkirchweih'

Zweiten Teil des Programms siehe Seite 6/7.

Musikalische Leitung: FRIEDRICH HOLLÆNDER — Am Flügel: FRIEDRICH HOLLÆNDER

Eröffnung ½8 Uhr — **Abänderungen des Programms vorbehalten!** — Beginn ½9 Uhr

Text und Musik der Vorträge sind am Büchertisch in „Schall und Rauch" zu haben.

KTA

Immer um die Litfaßsäule rum

Friedrich Hollaender

G E7 D7
lie – ren, seh ich mir die Haupt – stadt an der
G6 D7 G
Pan – ke an, dann ge – he ich spa – zie – ren. Bleibt der
A7 Hm
gan – ze Haus – halt stek – ken, ja mich
A7 D
rei – zen die Ber – li – ner Ek – ken. Schau ich

G A7 D G A7 D
rechts und schau ich links, im – mer steht so'n run – des Dings, voll von
G F♯7 Hm G♯o
Nos – ke, Hen – ny Por – ten, Sar – ra – sa – te: nichts wie
D A D D7 Hm D/A
Zet – tel, Zet – tel, Zet – tel und Pla – ka – te.
G D7 G D7
Geh auf mei – nen We – gen bei Son – nen-schein und Re – gen
3

G E Am
im – mer um die Lit – faß - säu – le rum.
E+ Am E+
Seh auf den Re – kla – men Bu – sen oh – ne Da – men,
D7 G
im – mer um die Lit – faß - säu – le rum.
C6 C° G
Wer das al – les glaubt, der ist schön dumm!
Ja, solch klei – ner Hund ist gar – nicht dumm!
Ja, solch klei – ner Hund ist gar – nicht dumm!
p

C6
Co
G
Di – del – di – del – di – del – di – del – dum!
Di – del – di – del – di – del – di – del – dum!
Po – la, Mi – a, Li – a, Ri – a Schrumm!
C
G
E
Im – mer um die Lit – faß – säu – le, im – mer um die Lit – faß – säu – le,
A
D7
G
im – mer um die Lit – faß – säu – le rum!
D. C.

Ist es nicht kalt und weht kein böser Wind,
na, dann nehm' ich meinen Pudel,
und der geht mit mir, wie so die Hundchen sind,
begleitet von 'nem Rudel.
Und er amüsiert sich heftig
und er ist auch sehr geschäftig;
schaut er rechts und schaut er links,
immer steht so'n rundes Dings,
voll von Noske, Henny Porten, Sarrasate: –
nichts wie Zettel, Zettel und Plakate.
Er geht auf seinen Wegen bei Sonnenschein und Regen
immer um die Litfaßsäule rum. –
Und es hebt das Kleinchen
ab und zu ein Beinchen
immer um die Litfaßsäule rum. –

Kinder hört mal zu: Was klebt da alles dran:
„Ausverkauf von e i n e m Teppich."
Eine Bar zeigt die Eröffnungsfeier an,
da sag ich nichts, als: Nepp ich!
Und es kleben Busch und Meinhardt
und es klebt auch Maxe Reinhardt!
Die Besetzung die ich sah,
abends war ja keiner da,
und es wundern sich die Mamme und der Tate:
nichts wie Zettel, Zettel und Plakate.
Geh auf meinen Wegen bei Sonnenschein und Regen
immer um die Litfaßsäule rum. –
Seh vom Film die Damen
mit den blöden Namen
immer um die Litfaßsäule rum. –

Schall und Rauch

Hört Ihr im Keller den Gesellen? Wenn Hamlet es jetzt bei Reinhardt fragt, denkt man kaum an einen toten König, viel eher an den quicklebendigen Paul Graetz. Vielleicht grade in diesem Moment schmettert er sein Lied von der Schiebung und der Neugeburt (Tigertier, seit wann so optimistisch?) zwischen die Sektbäuche Derer, gegen die es geht, und die Seidenbeine Derer, die mit ihnen „gehen". Man tut gut daran, diesen Zustand, diesen Zirkus und seinen Keller, Paul Graetz und seinen Direktor Rudolf Kurtz, und nicht zuletzt sich selbst dazu „mit hochgerungenen Pfoten" (wie Peter Scher bei Gelegenheit des damals noch lebenden Lautensack am Grabe des verstorbenen Wedekind so schön sang), wenn man diese ganze Zeit samt allem Drum und Dran in den klassischen Stoßseufzer zusammenpackt: Weh dir, daß du ein Enkel bist! Sie ist ja nicht bloß aus den Fugen, sie ist in allen Nähten geplatzt, diese Zeit. Und nicht nur in der nähern Umgebung der Schumann-Straße ist längst aus Schall Lärm, aus Rauch Dunst geworden.

Wie 1920 zu 1900, wie Zirkuskeller zu Kammersaal, wie . . . na, eben wie Paule Graetz, der gewiß unnachahmlich ist, zu Victor Arnold, der mehr, nämlich unvergeßlich ist, so verhält sich diese Veranstaltung zu jener, deren Namen die Veranstalter übernommen haben. Daß sie es getan haben, fordert zu einem Vergleich heraus, dessen Resultat Keinem zweifelhaft sein kann, der sich der umwerfend lustigen, hinreißend witzigen Abende, Nächte im Künstlerhause entsinnt. Es heißt diesen Vergleich gewiß nicht ungerecht ausspinnen, wenn man bei aller Feinschmeckerei etwa für Herrn von Twardowskis Parodien nicht vergißt, daß seine neuen Galgenlieder aus zweiter, wenn auch entzückend leichter Hand, aus zweitem, wenn auch höchst geistvollem Hirn stammen, daß aber über dem ersten „Schall und Rauch" Hand und Geist von Palmströms echtem Vater schwebte (auf den wohl auch die Firma zurückgeht).

Im übrigen liegt kein Grund vor, feierlich zu werden. Das Chaos dieser Läufte ist wahrlich wild genug, daß es grade auf diesem Gebiet einen tanzenden Stern gebären könnte. Aber es ist nur ein Cabaret mehr da. Ein bißchen literarischer vorerst, ein bißchen linkspolitischer vielleicht als die andern. Aber, warte nur, balde . . . Mit (Klabunds) noch so frech gereimten Anrempelungen des Bürgers, mit (Theobald Tigers und Walter Triers) noch so ulkigen Anpflaumungen jenes mehr langen als großen Justav, der ihm den Beutel beschützt, wird der feuchtfröhliche Nepp, ohne den heute ja solche Brettelei nicht mehr bestehen zu können scheint, auf die Dauer nicht zu verbinden sein. Es bleibt ein Gewinn, Mädy Christians statt als Elektra als Foxtrottmädel zu sehen, und ein Genuß, zu hören, wie Gussy Holl mit einem winzigen Quetschton ganze Generationen von Chansonniers und Diseusen in Grund und Boden persifliert. Aber deswegen brauchte nicht unbedingt ein Geist vom Grabe herzukommen.

Harry Kahn

Die Weltbühne, XVI. Jahrgang, Nummer 4, 22. Januar 1920

Meines Alters Stab ist Gussy Holl, bei der ich hier und da zu Abend sitze. Und dann singt sie, und ich hänge mit gekreuzten Beinen an ihren Lippen – das ist viel schöner als das ganze Jahrhundert. (Auch kann sie bayerische Soldatenlieder singen, von dem Landser, der seine Geliebte, weil sie gar zu viel flennt, freundlich auffordert, ihm mit „sams deim Kind" ... Sie singt das herrlich und unbekümmert. Das ist überhaupt keine Frau.)

Brief Tucholskys an Hans Erich Blaich (Dr. Owlglaß) vom 27. Mai 1919

Br. 70

Kurt Tucholsky und Gussy Holl KTA

Karrieren

Hans-Herbert Winkel

warm. Da kenn se i - ba - win - tern. Da
bleihm se denn ne Wei - le drin. I, den - ken
G
G7
die, kein Neid! Wer hat, der hat
C
Denn komm se
G/D
raus. Denn
D
sind se plötz - lich
1. 2.
G
wat. 2. Denn

Tempo di Valse
3.
G
C
3. macht. Er hat det Ding je –
G
C
schohm. Nu sitzt a ehm – t
G
ohm. Von o – ben frisch und
D11/A
D7/A
D11
D7
G
mun – ter kuckt kee – na jer – ne run – –

Tempo I
C
ter. Weil man so rasch va – jißt, weil man so
D G
rasch va – jißt, wie man ruff, wie man
D G
ruff, wie man ruff – je – kom – men ist, wie man
C Am G/D D G
ruff – je – kom – men ist!

Et jibt Karrieren – die jehn durch den Hintern.
Die Leute kriechen bei die Vorgesetzten rin.
Da is et warm. Da kenn se ibawintern.
Da bleihm se denn ne Weile drin.
    I, denken die – kein Neid! Wer hat, der hat.
    Denn komm se raus. Denn sind se plötzlich wat.

Denn sind se plötzlich feine Herrn jeworden!
Denn kenn die de Kollejen jahnich mehr.
Vor Eifa wolln se jeden jleich amorden:
„Ich bün Ihr Vorjesetzta! Bütte sehr!"
    Und jeda weeß doch, wie set ham jemacht!
    Det wird so schnell vajessen ... Keena lacht.

Int Jejenteil!
                    Der sitzt noch nich drei Stunden
in seine neue Stellung drin –:
da hat sich schon 'n junger Mann jefunden,
der kriechtn wieda hinten rin!
    Und wenn die janze Hose kracht:
    weil mancha so Karriere macht.
        Er hat det Ding jeschohm.
        Nu sitzt a ehmt ohm.
        Von oben frisch und munter
        kuckt keena jerne runter.
        Weil man so rasch vajißt,
        wie man ruff,
                    wie man ruff,
        wie man ruffjekommen ist –!

Zeichnung Karl Arnold

Aus: Kurt Tucholsky / John Heartfield,
„Deutschland, Deutschland über alles“

Eine kleine Geburt

Hans-Herbert Winkel

B♭ F7/C F7 B♭
war so lieb, sie war so nett. Wir wu-schen uns im
3
3
F7/C F7 C7/G C7 F C7 F D+
sel-ben Ei-mer, wir schlie-fen in dem-sel-ben Bett. So
E♭ F7 B♭ poco rit. C7/G
Tempo I
B♭/F
trie-ben wir es man-ches Jahr… bis sie den Kna-ben
1.-7.
8.
F7 B♭ B♭ F7 B♭
mir ge-bar. mar.
ff

Doch dieser Knabe war kein Knabe.
Wir hatten in der dunklen Nacht
als Zeitvertreib und Liebesgabe
uns dieses Wesen ausgedacht.
  Frau S. war jeden Kindes bar.
  Der Knabe, der hieß Waldemar.

Und war so klug! – Nach fünfzehn Tagen,
gelebt im Kinderparadies,
da konnte er schon Scheibe sagen,
bis man ihm solches leicht verwies.
  Er setzte sich aufs Tintenfaß
  und machte meinen Schreibtisch naß.

Er wuchs heran, der Eltern Freude,
ein braves, aufgewecktes Kind.
Wir merkten an ihm alle beude,
wie süß der Liebe Früchte sind.
  Da fragte Mutti ganz real:
  „Was wird der Junge denn nun mal –?"

Hebamme? General? Direktor?
Bootlegger? Hirt? Ein Schiffsbarbier?
Verlorner Mädchenheim-Inspektor?
Biographist? Gerichtsvollziehr?
  Ein Freudenmännchen? Jubilar –?
  Uneinig war das Elternpaar.

Ein Krach stieg auf, bis zu den Sternen!
Frau S., die krisch. Die Türe knallt.
Sie wollt ihn lassen Bildung lernen,
ich aber war für Staatsanwalt.
  Ein Kompromiß nahm sie nicht an:
  im Kino, als Bedürfnismann.

Der Lümmel grölte in der Küche
und fand den Krach ganz wunderbar.
So ging die Liebe in die Brüche –
und alles wegen Waldemar?
  Da sprach ich fest: „Mein trautes Glück!
  Wir geben dieses Jör zurück!"

Gemacht.
Nun ist Frau Sobernheimer
wie ehedem so lieb und nett.
Wir waschen uns im selben Eimer,
wir schlafen in demselben Bett.
Und denken nur noch hier und dar
mal an den seligen Waldemar.

KTA

Schutzumschlag 1919

Krieg dem Kriege

Günter Hauk

Aufführungsrechte awa Anstalt zur Wahrung der Aufführungsrechte auf dem Gebiet der Musik, Berlin.

Beschleunigen
weit, weit! Und kei-ner, der ih – nen die Wahr – heit sagt. Und
p
cresc.
kei-ner, der auf-zu – be – geh – ren wagt. Mo-nat um Mo- nat, Jahr um Jahr…
f rit.
8va
einleiten
Etwas schneller
Und wenn mal einer auf Urlaub war, sah er zu Hau – se die dik – ken
mf staccato
Bäu - che. Und es fra-ßen dort um sich wie ei – ne Seu – che der

Tanz, die Gier, das Schieber – ge-schäft. Und die Hor-de all –
deut – scher Skri - ben - ten kläfft:
"Krieg! Krieg!
Großer Sieg!
Sieg in Albanien und
Sieg in Flandern!"
Und es star-ben die an – dern, die an-dern, die an-dern... Sie
Tempo I
sa – hen die Ka – me – ra – den fal – len. Das war das Schick-sal

bei fast al – len: Ver – wun-dung, Qual wie ein Tier, und Tod. Ein
klei – ner Fleck, schmut – zig-rot und man trug sie fort und
(hart)
scharr-te sie ein. Wer wird wohl der näch-ste sein? Und ein
rit.
8va
Etwas schneller
Schrei von Mil-lio-nen stieg auf zu den Ster-nen. Wer-den die Menschen es
f

nie – mals ler – nen? Gibt es ein Ding, um das es sich lohnt?
Wer ist das, der da o – ben throNt, von o – ben bis un – ten be –
spickt mit Or – den, und nur immer be-fiehlt: Mor-den! Mor-den!
3
Blut und zer-malm – te Kno-chen und Dreck…
Und dann hieß es plötzlich,
das Schiff sei leck. Der Kapitän
hat den Abschied genommen
und ist etwas plötzlich von
dannen geschwommen.
8va

a tempo
Ratlos stehen die Feldgrauen da.
Frei
Für wen das alles? Pro patria?
p
ff
8va
Brü – der! Brü – der! Schließt die Reihn! Brü – der! das darf nicht
mf
wie-der sein! Ge – ben sie uns den Ver-nich-tungs-frie – den,
ist das glei – che Los be – schie – den un – sern

Söh – nen und eu-ern En-keln. Sol – len die wie-der blut - rot be –
spren – keln die Ak – ker – grä – ben, das grü – ne Gras?
Brü-der! Pfeift den Bur-schen was! Es darf und soll so nicht
f
f
wei-- ter – gehn. Wir ha – ben al – le, al – le ge – sehn, wo –

hin ein sol - cher Wahn - sinn führt. Das Feu - er
8va
brann - te, das sie ge - schürt. Löscht es aus! Die Im - pe - ria -
mf
li - sten, die da drü - ben bei je - nen nis - ten, schenken
uns wie - der Na - tio - na - li - sten. Und nach

a - ber - mals zwan - zig Jah - ren kom - men
neu - e Ka - no - nen ge - fah - ren.
cresc.
Das wäre kein Friede.
Das wäre
Wahn! Der alte Tanz
auf dem alten
Vulkan. Du sollst nicht töten! hat einer
gesagt. Und die Menschheit hörts
und die Menschheit klagt.
Will das niemals anders werden?
ff
f
mf
Krieg dem Krie - ge! Und Frie - de auf Er - den.
ff
p
dim.
poco sf

Bei einem Konzert in München, 1972

Gisela May, zu deren Repertoire „Krieg dem Kriege“ in der Vertonung von Günter Hauk gehört, auf die Frage eines Interviewers: Wie erarbeiten Sie eine Chanson-Interpretation?

Zunächst sehe ich mir das Werk, getrennt in Text und Musik, an. Ich lese den Text, als sei er ein Gedicht oder eine Erzählung, oder auch eine Rolle. Dann höre ich den Text zusammen mit der Musik. Dann frage ich mich, zu welcher Gruppe von Liedern das Werk gehört, weil ich die Erfahrung gemacht habe, daß durch die Genrebestimmung auch schon in Ansätzen die Ausdrucksform vorgezeichnet ist. Dann erarbeite ich mir die Melodie mit großer Genauigkeit im Rhythmus, im Tempo, beachte aufmerksam alle Hinweise im Notenbild. Erst wenn die Melodie ganz zu meiner eigenen geworden ist, lasse ich den Text wieder dominierend zu seinem Recht kommen. Das heißt, jetzt fange ich an, an die Gestaltung zu denken, baue unter Umständen an bestimmten Stellen musikalisch etwas an, füge an geeigneter Stelle einen Sprechton in den Gesang ein, ohne die Melodie zu beschädigen. Ich mag nicht, wenn durch zu viel Sprechgesang die Melodie streckenweise ganz verlorengeht. Da muß dann zumindest ein Begleitinstrument die Stimme weiterführen, sonst entsteht der leicht herstellbare gefällige Sprechgesang mit schwer definierbarem musikalischem ‚background‘, dem immer etwas Zufälliges anhaften wird. Und zwischen Zufall und Improvisation ist ein großer Unterschied.

Dieter Kranz, „Gisela May“, Berlin 1973

Das Lächeln der Mona Lisa

Bernhard Eichhorn

E7/9 E7/9- E7 C♯ F♯m11 F♯m
hängst du mit sanft verschränk-ten Hän – den
G♯7 C♯ E7
und grienst.
E7 A
Du bist be – rühmt wie je – ner Turm von Pi – sa,
3
E7 A A7
dein Lä-cheln gilt für I – ro – nie.

G F#m7 F6 A11 A/E
Ja, war – um lacht die Mo – na Li – sa?
D#m7/5- A E7
Lacht sie ü – ber uns, we – gen uns,
Am E7 A D#m7/5-
trotz uns, mit uns, ge – gen uns, o – der
E7 E7/9 E7/9-
wie? Du lehrst uns still,
Tempo I

E (E+) E7/9- A A♭ E7
was zu ge - schehn hat. Weil uns dein Bild - nis,
E7/9- A A7 D/F♯
Lies - chen, zeigt: Wer viel von die - ser
F6 A11/E A/E A Am
Welt ge - sehn hat - der lä - chelt,
p
F E7 A
legt die Hän-de auf den Bauch und schweigt.
rit.

Schutzumschlag 1929 von Blix

Trude Hesterberg KTA

Kate Kühl KTA

Trude Hesterberg, das „Frollein Direktor“, und Kate Kühl sangen „Das Leibregiment“ in der „Wilden Bühne“, Berlin

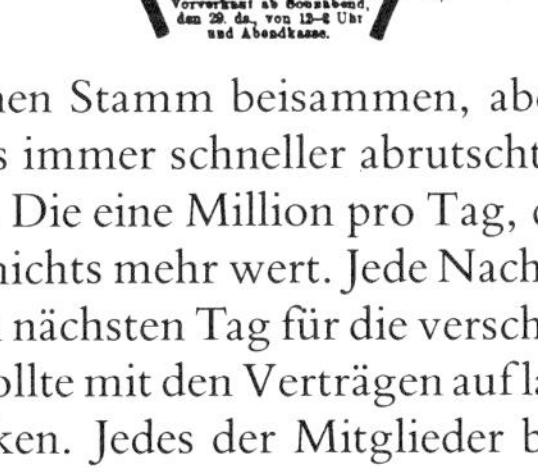

DKA

Jedenfalls hatte ich jetzt meinen Stamm beisammen, aber wie sollte ich sie bezahlen, nachdem der Wert des Geldes immer schneller abrutschte? Wir waren auf dem Höhepunkt der Inflation angelangt. Die eine Million pro Tag, die Fräulein Hiebel-La Jana im Vertrag hatte, war so gut wie nichts mehr wert. Jede Nacht hockten wir beisammen und rechneten uns aus, was wir am nächsten Tag für die verschiedenen Kategorien der Plätze zu nehmen hatten. Was aber sollte mit den Verträgen auf lange Sicht geschehen? Ich kam auf einen glücklichen Gedanken. Jedes der Mitglieder bekam als festen Satz, je nach Erfolgsstellung im Programm, eine Anzahl von Plätzen. Etwa Mehring zweieinhalb Vorderplätze der teuersten Kategorie, ebenso Heymann. Die andern folgten dann mit ersten und zweiten Plätzen und so weiter. Nur Ringelnatz forderte außer den Plätzen noch eine Flasche Wein oder Schnaps.

Trude Hesterberg

Aus: „Was ich noch sagen wollte“, Berlin 1971

Das Leibregiment

(Die Trommel)

Werner Richard Heymann
(Bearbeitung Jochen Breuer)

B♭ F7 B♭
stopf-te. Die Sol - da - ten, ja, die ta - ten für den
f
F7 B♭ F7 B♭
Fer - schten al - les ganz um - sonst. Und sie
mf
D Em F° D/F♯ G Am7 B♭6 Gm
tru - gen bun - te Fah - nen und Ge - weh - re, a - ber
F Gm7 G♯° F/A B♭
vor - ne-weg mar-schiert vorm gan - zen Hee - re: Ei - ne

E♭ B♭
Trom - mel, ei - ne Trom - mel, ei - ne Trom - mel, ra - di -
F7 B♭ F
bim - mel, ra - di - bam - mel, ra - di - bom - mel, beim
B♭ F B♭ F B♭ F
Leib - re - gi - ment, beim Leib - re - gi - ment, das sich nach Kö - nig Gu - stav
1.-5. 6.
B♭ B♭ F B♭
nennt. 2. Der 6. nennt.
8va
p mf sfz sfz

Der Hauptmann, einer von den Fetten,
liegt gern bis Mittag in den Betten –
doch alleine,
denn voll Weine
da verleiht er ungern seine Gunst.
Und im Dienst hält er die glasigen Augen offen –
aber innerlich ist er total besoffen –
und er trägt den dicken Bauch wie eine Trommel –
radibimmel, radibammel, radibommel –
beim Leibregiment – beim Leibregiment –
das sich nach König Gustav nennt!

Der brave Landsknecht braucht nichts tragen,
denn dazu hat er seinen Wagen –
hinterm Rosse
im Trosse –
da fährt die Marketenderin.
Und sie kennt vom Regiment die ganze Mannschaft,
denn sie hatte schon mit jedem 'ne Bekanntschaft
auf der Trommel, auf der Trommel, auf der Trommel –
radibimmel, radibammel, radibommel,
vom Leibregiment, vom Leibregiment,
das sich nach König Gustav nennt.

Und so marschiert die ganze Bande
jahraus, jahrein durch fremde Lande –
in den Städtchen
die Mädchen
die kommen abends spät nach Haus.
Der Soldat braucht niemals eine Wiegen.
Immer siehst du zwanzig Kinderköpfchen liegen
in der Trommel – in der Trommel – in der Trommel –
radibimmel, radibammel, radibommel –
beim Leibregiment – beim Leibregiment
das sich nach König Gustav nennt.

Und hat der ganze Spuk ein Ende,
gehts in des Himmels Scheibenstände –
die Soldaten
müssen braten
in dem allertiefsten Höllenpfuhl.
Der Teufel ist kein böser Mann – so glaubt man.
Denn er schmort sie, samt den Mädchen und dem Hauptmann
in der Trommel – in der Trommel – in der Trommel –
radibimmel, radibammel, radibommel
vom Leibregiment – vom Leibregiment
das sich nach König Gustav nennt!

Es sterben auch mal Generale –
die Trommel ruht im Arsenale –
im Gehäuse
die Mäuse –
die führn das alte Leben fort.
Denn sie fressen und sie lieben und sie saufen –
machen Junge und sie streiten und sie raufen –
in der Trommel – in der Trommel – in der Trommel –
radibimmel, radibammel, radibommel –
wie das Leibregiment – wie das Leibregiment –
das sich nach König Gustav nennt.

AdK

Trude Hesterberg

Liebespaar am Fenster

Juriaan Andriessen

leicht er – mü – det zum Fen – ster hin-aus und ___ se – hen ___ auf die
Stra – ße. Die Son – ne scheint. Das Le – ben rinnt. Ein
klei – ner Hund, ein dik – kes Kind… Wir ha – ben uns ge – fun – den für

1.2.3.
rall.
Ta-ge, Wo-chen, Mo-na-te und für Stun-den – für Stunden.
3
rall.
4.
Sekun-den blitzt Er - in-ne-rung auf an ein schönes
Jahr, und an Stun-den – an glück-li-che Stun-den.
3
arco

Ich, der Mann, denke mir nichts.
Heut kann ich zu Hause bleiben,
heute geh ich nicht ins Büro –
... an die Steuer muß ich noch schreiben ...
Wieviel Uhr? Ich weiß nicht genau.
Sie ist zu mir wie eine Frau,
ich fühl mich ihr verbunden
für Tage, Wochen, Monate
und für Stunden – für Stunden.

Ich, die Frau, bin gern bei ihm.
Von Heiraten wird nicht gesprochen.
Aber eines Tages will ich ihn mir
ganz und gar unterjochen.
Die Dicke, daneben auf ihrem Balkon,
gibt ihrem Kinde einen Bonbon
und spielt mit ihren Hunden ...
gesprochen: { So soll mein Leben auch einmal sein –
und nicht nur für Stunden – für Stunden.

Von Kopf zu Kopf umfließt uns ein Strom;
noch sind wir ein Abenteuer.
Eines Tages trennen wir uns,
eine andere kommt ... ein neuer ...
gesprochen: { Oder wir bleiben für immer zusammen;
dann erlöschen die großen Flammen,
Gewohnheit wird, was Liebe war.
Und nur in seltenen Sekunden
blitzt Erinnerung auf an ein schönes Jahr,
und an Stunden – an glückliche Stunden.

DKA

Ernst Busch und Hanns Eisler

DKA

Witz, Geist, Satire brauchen einen wirklichen Feind, um wachsen zu können, um wirksam zu sein. Wo Witz und Geist sind, muß Gesinnung und ein Feind sein, gegen den man sich mit diesen Mitteln wehren muß, da man es mit anderen noch nicht kann. Witz und Geist sind die Eigenschaften des Unterdrückten, des Kämpferischen, nicht aber des mit den Herrschenden Liebäugelnden.

Hanns Eisler

Aus: *Die rote Fahne*, 30. Dezember 1927

DKA

DKA

Busch und Eisler für die gemaß-regelten BVG.-Arbeiter

Am Sonntag, vormittags 11½ Uhr, veranstalten Ernst Busch und Hanns Eisler eine Matinee unter dem Titel: „Das Lied der Zeit!"

Der gesamte Reinertrag fließt den gemaßregelten BVG.-Arbeitern zu. Populäre Preise.

Das Lied vom Kompromiß

Hanns Eisler

F Bb F
brumm. Freund-lich schaun die Schwar-zen und die Ro – ten, die sich
Bb F C7
frü-her feind-lich oft be-droh-ten. Je-der war-tet, wer zu-erst es
F Bb Hm7/5- C
wagt, bis der ei-ne zu dem an-dern sagt:
[(Volles Orchestro)]
Bb6 F6
„Schlie-ßen wir nen klei-nen Kom-pro-miß! Da-von hat man kei-ne

B♭6
Küm - mer - nis. Ei - ner - seits und and - rer - seits, so ein
F6 B♭6
Ding hat man - chen Reiz... 1.2. Sein Er - folg in Deutschland ist ge - wiß:
F B♭
Schlie ßen wir nen klei - nen Kom - pro - miß! Sein Er - folg in
Gm F Dm Gm7 C F
Deutschland ist ge - wiß: Schlie - ßen wir nen klei - nen Kom - pro - miß!“

Seit November klingt nun dies Gavottchen.
Früher tanzte man die Carmagnole.
Doch Germania, das Erzkokottchen,
wünscht, daß diesen Tanz der Teufel hol.
    Rechts wird ganz wie früher lang gefackelt,
    links kommt Papa Ebert angewackelt.
    Wasch den Pelz, doch mache mich nicht naß!
    Und man sagt: „Du, Ebert, weißt du was:
        Schließen wir nen kleinen Kompromiß!
        Davon hat man keine Kümmernis.
        Einerseits – und andrerseits –
        so ein Ding hat manchen Reiz…
        Sein Erfolg in Deutschland ist gewiß:
        Schließen wir nen kleinen Kompromiß!“

Seit November tanzt man Menuettchen,
wo man schlagen, brennen, stürzen sollt.
Heiter liegt der Bürger in dem Bettchen,
die Regierung säuselt gar zu hold.
    Sind die alten Herrn auch rot bebändert,
    deshalb hat sich nichts bei uns geändert.
    Kommts, daß Ebert hin nach Holland geht,
    spricht er dort zu einer Majestät:
        „Schließen wir nen kleinen Kompromiß!
        Davon hat man keine Kümmernis.
        Einerseits – und andrerseits –
        so ein Ding hat manchen Reiz…“

Und durch Deutschland geht ein tiefer Riß.
Dafür gibt es keinen Kompromiß!

DKA

Das Lied von der Gleichgültigkeit

Henry Krtschil

G Em H7 Em Em7 A7
Und sie sieht am Him-mel Mond und Sterne, was kann denn da schon
D D7 G/H G7
sein? Sie war-tet auf die Kun-den, sie
C A7/5- G/D E♭
war-tet auf den Mann, und hat sie den ge-fun-den, fängt
9-
A7/5-
Im Tempo
D7 D7/5+ G Em
das The-a-ter an. Ja, glau-ben Sie, daß das sie ü-ber-
colla parte

C D9 G D7/9- G D7/9-
ra – sche? Und sie wak-kelt mit der Ta – sche, mit der
accellerando
G D7/9- G D7/9- tacet
Ta-sche, mit der Ta – sche, mit der Ta-sche.
(gesprochen:)
Na, womit denn sonst.
1. G Em
(Slowly)
mf
C D9 D9/5+
2. G Em C D9
Tempo di marcia
f
G Em C D9
3. Und es ziehn mit Fah – nen und Stan – dar – ten viel
mf

Em7 A7 D D+ G Em
Trupps die Stra-ßen lang. Und sie sin-gen Lie-der al-ler
H7 Em7 A7 D D7
Ar-ten in dröh-nen-dem Ge-sang. Da
rit.
G/H G/A G7 Cmaj7 A7/5-
kom-men sie mit Mu-si-ke, sie sieht sich das so an. Von
G/D E♭ A7/9-/5- D7
we-gen Po-li-ti-ke... sie weiß doch: Mann ist Mann.
Slowly
colla parte

G Em C D9
Und sie sagt: „Ach, laßt mich doch in Ru – he“, und sie
G D7/9- G D7/9- G D7/9 G D7/9-
wak-kelt mit der Ta-sche, mit der Ta-sche, mit der Ta-sche, mit der
accellerando
Lento
tacet C6 C#o
Ta – sche... Und sie tut strichen gehn. Die – se Gleich – gul – tig – keit, die – se
p
G/D E♭(maj7) G/D D7/9- G
Gleich-gül – tig – keit, die kann man schließ-lich ver – stehn.
Schnell
mf
f

Und es gehen mit der Frau Studenten,
und auch Herr Zahnarzt Schmidt.
Redakteure, Superintendenten,
die nimmt sie alle mit.
    Der eine will die Rute,
    der andre will sie bläun.
    Sie steht auf die Minute
    an der Ecke um halbneun.
Und sie klebt am Strumpf mit Spucke eine Masche...
und sie wackelt mit der Tasche – mit der Tasche,
    mit der Tasche,
    mit der Tasche –
Na, womit denn sonst.

Und es ziehn mit Fahnen und Standarten
viel Trupps die Straßen lang.
Und sie singen Lieder aller Arten
in dröhnendem Gesang.
    Da kommen sie mit Musike,
    sie sieht sich das so an.
    Von wegen Politike...
    sie weiß doch: Mann ist Mann.
Und sie sagt: „Ach, laßt mich doch in Ruhe –“
und sie wackelt mit der Tasche – mit der Tasche –
    mit der Tasche –
    mit der Tasche...
Und sie tut strichen gehn.
    Diese Gleichgültigkeit,
    diese Gleichgültigkeit –
die kann man schließlich verstehn.

Gisela May
und
Henry Krtschil

Lucindy

(Lied fürs Grammophon)

Allan Gray

Anmerkung des Komponisten
Das Stück ist etwa im Stil einer Revellerplatte vorzutragen: rhythmisch sehr elastisch, *ziemlich ironisch im Ausdruck.*

Am
E7/H
E7/9-sus4
E7
F7
Wie die Ä - ther-wel - len flit - zen ü - ber Dräh - te,
E7
Hm7/5-
E7
Am
B♭
wo die Ra - ben sit - zen, saust mei - ne
mf
H7/9-
E7/9-5+
F7/5-
A
A6
poco rit.
E7/H
E7
Lie - be dir zu... du tu tu tu mmm
etwas schneller
Am
A11/5+(E/A)A11/5+ E+
A6
2. Wenn du mich liebst, so singt dein Blut, Lu - cin - dy!
p dolce

zögernd
Am D9 A11/5+ E13 A
Ach, wenn du nicht da bist, bin ich dir so gut, Lu – cin - dy!
zögernd
B♭6
a tempo
A A7
Dein, dein Lä-cheln läßt mir kei – ne Ruh… Man kann von
A E9+ A A7
o – ben lä - cheln, man kann von un - ten lä - cheln, man kann da –
sempre p
rit.
A E13/9- A7 C 7/5+ H7/5- B♭7/5+ C7
ne - ben lä - cheln, wie lä - chelst du? tu tu tu mmm
dolce
pp

F6 G7 C7 F6
3. Mei - ne, die will mich ver - las - sen, Lu - cin - dy! Dei - ner, der will dich
come sopra, ziemlich staccato
molto accel.
G7 C7 G9 Cmaj7 C6
fas - sen, Lu - cin - dy! Kehr zu ihm zu - rück! Viel -
f
sehr ruhig
G9 G+ C C9
leicht ist das das Glück… Ich guck in den Mond im - mer -
molto rit.
Etwas schneller
E7 C7/5+ F6
zu oh, so blue. 4. Wie man auch setzt im
p
f

G7 C7 F6 G7 C7 ziem-
Le-ben, Lu-cin-dy! man tippt doch im-mer da-ne-ben, Lu-cin-dy! Wir
mf
lich breit
F7 B♭9 B♭ D7/5+ D7 D7/9-
sit-zen mit un-sern Ge-füh-len mei-stens zwi-schen zwei
molto rit.
G9 C7 D♭7 C7 F6 D♭9
Stüh-len, und was bleibt, ist des Her-zens I-ro-nie... Lu-
p
B♭m/C F6/C C7/G Fmaj7/5- F6
cin-dy! Lu-cin-dy! Lu-cin-dy!
mf
p
pp

George Grosz, „Der Spießer-Spiegel"

Malwine

Olaf Bienert

Db Ab7/9- Db Ab Db7
siert. Ich wollt mich zu dir le – gen mit ei – nem
Ebm7 Ab7 Db Bbo
Vier – tel – chen, mit ei – nem Ach – tel – chen, Mal –
Db/Ab Ebm7 Ab7/9- Db
wi – ne! Doch du hast dich ge – ziert. 2. Der
Db Ab7/9- Db Ebm7 Ab11 Ab7/9-
5. hat das tief be – trof – fen. Dein Blick hat mich ge –

D♭ D♭7 C7 Fm C7/9-/F Fm Gm7/5- C7/9-
fragt… Ich ließ die Fra - ge of - fen und ha - be nichts ge -
Fm Fm7 D♭7 G♭ G♭m6
sagt. Daß wir uns nicht be - sa - ßen! So aal - glatt war mein
D♭ E♭m7 Go
Kinn. Nun irr ich durch die Stra - ßen… Mal -
D♭/A♭ Hm7/5- E♭m7 A♭7 A♭7/9- D♭
wi - ne! und wei - ne vor mich hin.

Ich habe mich deinetwegen
gewaschen und rasiert.
Ich wollte mich zu dir legen
mit einem Viertelchen,
mit einem Achtelchen –
Malwine!
Doch du hast dich geziert.

Der Kuckuck hat geschrien
auf deiner Schwarzwalduhr.
Ich lag vor deinen Knien:
„Gib mir ein Viertelchen!
Gib mir ein Achtelchen!
Malwine!
Ein kleines Stückchen nur!“

Dein Bräutigam war prosaisch.
Demselben hat gefehlt,
dieweilen er mosaisch,
ein kleines Viertelchen,
ein kleines Achtelchen …
das hätt dich sehr gequält!

Du hast mir nichts gegeben
und sahst mich prüfend an.
Das, was du brauchst im Leben,
sei nicht ein Viertelchen,
und nicht ein Achtelchen …
das sei ein ganzer Mann –!

Mich hat das tief betroffen.
Dein Blick hat mich gefragt …
Ich ließ die Frage offen
und habe nichts gesagt.
Daß wir uns nicht besaßen!
So aalglatt war mein Kinn.
Nun irr ich durch die Straßen …
Malwine –!
und weine vor mich hin.

Manja

(Russisches Lied)

Mischa Spoliansky

C7 F6 B♭7/5-
Ne - wa friert, wo der Stu - dent fla - niert, da wo die
Dm/A B♭6 A+ A7 D6
Troi - ka saust vom Flok - ken - tanz um - braust. Wo magst du
D D11 A7 D D7
sein, mein Lieb? Fragt mei - ne See - le im - mer. Hast du ver -
G G7 C♯7 F♯7
ges - sen ganz der wei - ßen Näch - te Schim - mer? Fern tönt der

G G7 G7/5- D
Chor, der ei - ne from - me Met - te singt. Ein Stern - lein
8va
pp
Ped.
A11 A7 D B♭7/5-
blinkt. Das Glöck - lein klingt, un - end - lich
8va
D G D A11 D A9 A7 Dm C
tie - fer Frie - de Herz und Herz um - - schlingt.
tenuto
mf
BassA B♭6 A7 Refrain Dm A7 5+ A7 Dm
Man - ja, denkst du dar - an, wie einst es war!
p legato

C
Man - ja, noch lacht dein Blick mir
più
F Dm Dm6 Am
ster - nen - klar. Denkst du zu - rück
C9/B♭ F/A C7 F6/A A9 F7/A A+ A7
an fer - nes Glück? Lei - se summt, lei - se summt der Sa - mo -
p dim.
1. Dm C BassA B♭6 A7
war.
p
2. Dm Am7 Dm
war. Im wil-den
Fine
pp
p
D. S.

Im wilden Steppenland erbrausen Winterstürme.
In hellem Golde leuchten Moskaus runde Türme.
Wo der Kosak befiehlt, die Balalaika spielt,
da wo der Kreml steht in alter Majestät.
Ertönt dir niemals mehr der Klang der schönen Lieder?
Bringt diese Weisen nie ein Traum dem Herzen wieder?
Das alte Heimatlied vom roten Sarafan.
Wenn es erklang, so sehnsuchtsbang,
die Welt versank, wenn wir uns in die Augen sah'n.

Manja, denkst du daran, wie einst es war!
Manja, noch lacht dein Blick mir sternenklar.
Denkst du zurück an fernes Glück?
Leise summt, leise summt der Samowar.

DKA

Mischa Spoliansky

Aus einer grundsätzlichen Entscheidung des Reichsgerichts vom 5. Juni 1928 (RGST Bd. 62, 183)

„Es ist der Satire wesenseigen, daß sie, mehr oder weniger stark, übertreibt, d. h. dem Gedanken, den sie ausdrücken will, einen scheinbaren Inhalt gibt, der über den wirklich gemeinten hinausgeht, jedoch in einer Weise, daß der des Wesens der Satire kundige Leser oder Beschauer den geäußerten Inhalt auf den ihm entweder bekannten oder erkennbaren tatsächlich gemeinten Gehalt zurückzuführen vermag, also erkennt, daß tatsächlich nicht mehr als dieser geringere Inhalt gemeint ist. Die Satire und die Karikatur ziehen oft, wenn sie Mißstände rügen oder geißeln wollen, in jener übertreibenden, verzerrenden Weise die letzten Folgerungen aus dem Bestehen des Mißstandes, um diesen, mag er selbst auch keineswegs in einer so starken Form aufgetreten sein, recht handgreiflich und darum eindrucksvoll als solchen zu kennzeichnen. **Daraus folgt, daß eine satirische Darstellung nicht nach ihrem Wortsinn genommen werden, sondern erst des in Wort und Bild gewählten satirischen Gewandes entkleidet werden muß, bevor beurteilt werden kann, ob das, was in dieser Form ausgesprochen und dargestellt ist, den Tatbestand einer strafbaren Handlung, im besonderen einer Beleidigung** [sei es nach §186 oder 187, oder aber nach §185 StGB] **enthält.**“

Merkt ihr nischt – ?

Peter Janssens

Musikrechte beim Peter Janssens Musik Verlag, Telgte in Westfalen.

Fmaj7 Cmaj7 Fmaj7
schröpft euch, die Kon-su-men-ten; von dem Geld, euch ab-ge-
Fmaj7 G-10 C G E7
knöpft, zahlt sie die A-gen-ten… Pres-se, Ki-nos, süß ge-
am E-10 E-10 D-10 E-10
mischt. Merkt ihr nischt? Merkt ihr nischt?
A-10 A-10 E-10
2. Kä-se-blät-ter schel-ten brav auf die Re-pu-bli-ke.

A-10 A-10 E-10
Und es tapst das deut-sche Schaf nach der Preß-mu - si - ke.
Fmaj7 Fmaj7 Cmaj7
Weil der Bau-er pro - fi - tiert von den Feld - ge - wäch-sen:
Fmaj7 Fmaj7 G-10
lo-ben Fil-me, wie ge-schmiert!, Fri - de - ri - cus Re-xn.
C G E am E-10
War - um wird das auf - ge - tischt? Merkt ihr nischt?

E-10 D-10 E-10 A-10
Merkt ihr nischt? 3. Was mit off - nen Mäu - lern prahlt:
A-10 E-10 A-10
„Wir, wir sind die Stärkern!“ Das ist al - les bar be - zahlt,
A-10 E-10 Fmaj7
und von eu - ern Märkern! Vorn der Mi - li - tär - sol - dat
Fmaj7 Cmaj7 Fmaj7
und die I - de - a - le, hin - ten steht ein Syn - di - kat:
Fmaj7 G-10 C G E7
Zah - le, Dummkopf, zah - le! Von der Welt könnt ihr nichts

am C G E7 am
wis - sen. Ach, wie seid ihr an - ge - lo - gen!
A-10 A-10 Gmaj7
Und sie zah - len blut'-ge Zin - sen. Und die Bau - ern - fän - ger grin -
Gmaj7 Fmaj7 Fmaj7
- sen, weil ihr all-deutsch auf - ge - frischt.
E-10 E-10 D-10 E-10
Merkt ihr nischt? Merkt ihr nischt?

KTA

Trude Hesterberg beim Vortrag von
„Mir ist heut so nach Tamerlan“ in der „Wilden Bühne“

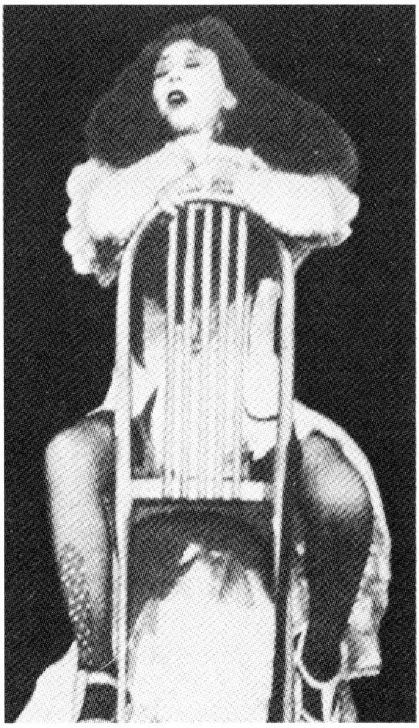

DKA

DKA

Fritzi Massary, der das Chanson gewidmet ist Foto: *Die Dame,* Berlin

Man weiß ja, die Wirkung des Chansons selbst geht zunächst von der Persönlichkeit dessen aus, der es „bringt". Sie vermag es, auch aus einer banalen Strophe ein Erlebnis zu machen. Natürlich, wie in einem hervorragenden Theaterstück die ausgezeichnete Rolle den guten Schauspieler „trägt", so trägt auch das außerordentliche Chanson den Vortragenden. Nur leider ist die Auswahl an „großartigen" Chansons noch geringer als an „guten" Rollen. Kleinkunst ist subtile Miniaturarbeit. Da wirkt entweder alles oder nichts. Und dennoch ist sie die unberechenbarste und schwerste aller Künste. Die genaue Wirkung eines Chansons ist nicht und unter keinen Umständen vorauszusagen, sie hängt ganz und gar vom Publikum ab.

Trude Hesterberg

Aus: „Was ich noch sagen wollte", Berlin 1971

Mir ist heut so nach Tamerlan

Für Fritzi Massary

Rudolf Nelson

Gm D7 Gm/B♭ B♭ D+ D7
Mensch in A – sien wuß – te wohl das.
Gm A7 D
Ta – mer – lan ritt ü – ber grü – ne Wie – sen,
D7 D D7 Gm D7 Gm/B♭ E♭7 D7 Gm
und wo der Jun – ge ein – mal hin – trat, wuchs kein Gras.
Gm D Gm D7 D7
Und al – le Frau – en lausch – ten angst – voll sei – nem

Gm E♭ D E♭ D tacet D7
Schritt, und fiel'n die Städ – te, – fiel'n die –
G Em D Em tacet
Mäd – chen – al – le mit. Er war auch
E+ Am/E E A7 F♯m
stets zu – ei – nem – wil – den – Kampf be – reit,
cresc.
E° tacet Gm/D E♭7 E°/D D7/9- D7
das war in A – sien ei – ne schö – ne

G F♯ G C D7 G
Zeit. Mir ist heut so nach Ta-mer-lan, nach
rall.
f
molto
p subito
Ta – mer – lan zu Mut! Ein klei – nes biß – chen
C♯o D7
Ta – mer – lan, ja Ta – mer – lan wär gut. Es
Do D7
wä – re ja, ge – niert mich das, ge – niert mich das, ge –

Am7 A7
lacht. Ich glau - be, es pas - siert noch was, pas -
D D° D7 F♯ G Em D
siert noch was heut Nacht. Mir ist heut so nach
G
Ta - mer - lan, nach Ta - mer - lan zu Mut, ein
p subito
G7 G+
klei - nes biß - chen Ta - mer - lan, ja Ta - mer - lan wär

C
gut. Und se – he ich ins Pu – bli – kum, da
rit.
E♭
f a tempo
liegt heut so ein Flu – i – dum. Ach Mensch gehn Sie weg, es
G
F♯7 G
f
F♯7 G
hat ja nur Zweck mit dem Ta – – mer – lan.
A7 D13 G ad lib.
Nach der 2. Str. Refr. wiederholen
f
G
lan.
f Fine
Gm
p
D. S.

Tamerlan, mein liebes Kind, ja Kuchen!
So einen Tamerlan, den möcht' ich wohl auch.
Tamerlan, da kannst du lange suchen,
wer mit Devisen handelt, der hat einen Bauch.
Und wenn 'ne kleine Frau 'ne große Glatze küßt,
dann weiß sie, daß das alles für die Katze ist.
Du suchst dir hier vergeblich einen Tamerlan,
nu guck mal runter, sieh sie dir mal an.
Hier ist doch gar kein Tamerlan, kein Tamerlan zu sehn,
ein kleines bißchen Tamerlan, ja Tamerlan wär schön.
Seh ich mir hier die Männer an, die Männer an, eih weih!
Da ist ja gar kein Tamerlan, kein Tamerlan dabei!
Mir ist heut so nach Tamerlan, nach Tamerlan zu Mut,
ein kleines bißchen Tamerlan, ja Tamerlan wär gut!
Die sind ja nichts für dich und mich,
die haben alle einen Stich!
Ach weine nicht sehr, den gibts ja nicht mehr, solchen Tamerlan.

gesungen von
Blandine Ebinger
MIR IS SO
MULMIG UM DIE BRUST
aus „BITTE ZAHLEN"
REVUE IN 7 BILDERN VON EUGEN BURG UND LOUIS TAUFSTEIN
MUSIK VON RUDOLF NELSON
TEXT VON THEOBALD TIGER
BERLIN - DREI MASKEN VERLAG - MÜNCHEN

KTA

Mir ist so mulmig um die Brust

Aus: „Bitte zahlen", Revue in 7 Bildern
von Eugen Burg und Louis Taufstein, 1921

Rudolf Nelson

H7/F♯ H7/9- Em G A13
wak – keln, wat is denn det? Wat is denn
D6 A7/E A7
det? Ick hat – te kei – nen Schim – mer von je – hei – me
D/F♯ A7/E A7
Sa chen, ick wuß – te jah – nich, was die klei – nen Hund-chens
H7/F♯ H7/9- Em G A13 D6
Lebhafter
ma – chen, nu weeß ick et, nu weeß ick et. Denn da

A E7 A E7 A E7
kam die lan - ge Frie - da - die Frie - da die
A A7 Hm F#7/5+ Hm F#7
Frie - da, die weiß im - mer so - ne Lie - da - so - ne
Hm F#7 Hm G#m7/5- D/F# E7 E9/D
Lie - da so - ne Lie - da, weil ihr schon ein Herr be -
A/C# B♭o Hm A H7/E E13 E7 A
Ruhig
ehrt, und die hat mir uff - ge - klärt. Mir ist so

A7/E A7 D
mul – mig um die Brust, seit ge - stern Nacht, mir ist so
A7/E A7 H9-
zitt – rig um die Knie, seit heu – te früh, mir ist so
Em Gm6 D/A G/H D/F♯ B♭7/F
ko – misch um die Hüt – ten, und die wern schon rund, und
E7 A7
manch – mal ween ick wie son klee – ner Schnul – ler – hund. Viel-leicht ein

D/F♯ D+ Gm6 tacet
Jähr – chen, bin ick schon so – weit, ver – borg – nes
Hm7 B♭o Hm Em7 A7
1. 2. D
3. D
Veil – chen in der Blü – te – zeit. zeit.
p
A7/E A7 D
A7/E A7 D B♭
p
D Em D A7 Hm A7/9 D
mf

In unsre Stube wohnt
Logis son langer Bengel,
der spielt mit meine
Schwester immer Badeengel –
wat is denn det? Zu zweit im Bett?
Doch Mutta sagt zu mir, ick
soll ma man vakrauchen,
weil wir die Miete
von den Schlafbursch nötig brauchen,
nu wußt ick et, nu wußt ick et.
Nachts träum ick von unserm Lehrer –
unserm Lehrer – unserm Lehrer –
der begehrt mir als Verehrer –
als Verehrer – als Verehrer –
und er hat nischt an wien Hemd
und denn fühl ick mir so fremd.
Mir ist so mulmig um die Brust,
seit gestern Nacht,
mir ist so zittrig um die Knie,
seit heute früh,
mir ist so komisch um die Hüften,
und die wern schon rund,
und manchmal ween ick wie
son kleener Schnullerhund.
Vielleicht ein Jährchen
bin ick schon soweit,
verborgnes Veilchen in der Blütezeit.

Mein kleener Keesetäng
is jahnich mehr vapickelt,
und Frieda sagt, ick
hätt zum Weibe mir entwickelt –
wat is denn det? Wat is denn det?
Ja, bei uns Fraun is diss die
Zeit der vollen Reife,
und meine Schwester
klau ick ihre Rosenseife,
un det Korsett, un det Korsett.
Lieber Gott, machs wie bei Susen –
bei Susen – bei Susen –
schenke mir 'nen dicken Busen –
'nen Busen – 'nen Busen.
Lieber Gott, ach, mach mich schön,
ick soll uff de Straße jehn.
Mir ist so mulmig um die Brust,
seit gestern Nacht,
mir ist so zittrig um die Knie,
seit heute früh,
mir ist so komisch um die Hüften,
und die wern schon rund,
und manchmal ween ick wie
son kleener Schnullerhund.
Vielleicht ein Jährchen
bin ick schon soweit,
verborgnes Veilchen in der Blütezeit.

Das Mitglied

Bernhard Eichhorn

Dm/F E7 Cm D7 D♭7 C Fmaj9/7 Em/G Am7 G/H C G7/H
ich war al – lein. Jetzt bin ich Mit – glied, Ka – me – rad, Kol –
1.-4.
Am G7 Dm/F Dm F6 G7 F11+ G Hm7/5- G F11+ G G7
le – ge, das klei – ne Band, das ich ins Knopf-loch le – ge,
C D♭ C B♭ A♭ C B♭6 A7 Dm A♭o C/G G7 C6
ist der Ver – ein, ist der Ver – ein!
5.
Hm7/5- G F11+ G G7 Cm E♭6 Fm7 Cm/G B♭7
2. Wir ha – ben 5. „Och – se“ sa – gen, da werd ich mich bestimmt nicht erst ver –

Ab j7 Dm 7/5-Abj7 Fm D+ Ebj7 Bb7 Gm D7 Gm Bb7
teid' - gen, doch wenn als Mit-glied Sie mich so be - lei - di - gen, dann steigt mein
Eb/G Bb Eb Bb7 Eb Bb7
deut - scher Grup-pen - stolz! Hoch Stol-ze- - Schrey! Frei-heil! Gut
G Ab7 G
Holz! Hier le - be ich!
Langsam
C Db C Bb Ab C Bb6 A Dm Abo C/G G7 C
Und will auch einst be - gra - ben sein in mein' Ver - ein!
p
pp

In mein' Verein bin ich hineingetreten,
weil mich ein alter Freund darum gebeten,
ich war allein.
Jetzt bin ich Mitglied, Kamerad, Kollege –
das kleine Band, das ich ins Knopfloch lege,
ist der Verein.

Wir haben einen Vorstandspräsidenten
und einen Kassenwart und Referenten
und obendrein
den mächtigen Krach der oppositionellen
Minorität, doch die wird glatt zerschellen
in mein' Verein.

Ich bin Verwaltungsbeirat seit drei Wochen.
Ich will ja nicht auf meine Würde pochen –
ich bild mir gar nichts ein...
Und doch ist das Gefühl so schön, zu wissen:
sie können mich ja gar nicht missen
in mein' Verein.

Da draußen bin ich nur ein armes Luder.
Hier bin ich ich – und Mann und Bundesbruder
in vollen Reihn.
Hoch über uns, da schweben die Statuten.
Die Abendstunden schwinden wie Minuten
in mein' Verein.

In mein' Verein werd ich erst richtig munter.
Auf die, wo nicht drin sind, seh ich hinunter –
was kann mit denen sein?
Stolz weht die Fahne, die wir mutig tragen.
Auf mich könn' Sie ja ruhig „Ochse" sagen,
da werd ich mich bestimmt nicht erst verteidigen.
Doch wenn Sie mich als Mitglied so beleidigen...!
Dann steigt mein deutscher Gruppenstolz!
Hoch Stolze-Schrey! Freiheil! Gut Holz!
Hier lebe ich.
Und will auch einst begraben sein
in mein' Verein.

Nur das

(Nur)

Dies singt eine Dame
im Dreivierteltakt

Conny Dähn

Em7 Em7/D G/H A7 A7/9sus4
Geist und Kul – tur von den Be – – sten… und
p
A Amaj7/5- A7/9sus4 A7 E°/D D D F♯7/9- F♯
macht sich an die Frau-en her - an. Doch schon nach
p
F♯7 G° Hm F♯ (F♯5-) F♯
we – ni – gen Mi – nu – – ten ist al – les zer –
F♯7 Hm D7/A G6
sprun – gen wie Glas. Von Geist kei – ne
4. mal

1. 2. 3.
A11
Spur, nichts mehr von Kul – tur: Nur
A7
D6
nur das.
4.
D/A G♯6 D/A G♯o A11 A7
rit.
D Gm6 D
8va
8va

Nur das

Manchmal auf Bällen und Festen
tritt in den Saal ein freundlicher Mann,
an Geist und Kultur von den Besten...
und macht sich an die Frauen heran.
Doch schon nach wenigen Minuten
ist alles zersprungen wie Glas –
Von Geist keine Spur,
nichts mehr von Kultur:
Nur – nur – das.

Berühmtheit ist ja kein Einwand
gegen Männer, die in den Filmen stehn.
Ich lüpfte neulich die Leinwand,
ich wollt mal einen näher sehn.
Ach, war das eine Enttäuschung!
Ich bekam einen kältenden Haß –
Von Herz keine Spur,
eine Karikatur...
Und
nur – nur – das.

DKA
Olga Rinnebach

Ich nahm den Tee und den Kuchen
in Berlin und Frohnau und mal hier und mal dort.
Nun, dacht ich, willst mal versuchen
eine Freundschaft mit einem Herrn vom Sport.
Der bricht das eigne Training –
auf wen ist denn heut noch Verlaß?
Von Hirn keine Spur,
eine hübsche Figur –
aber sonst
nur – nur – das.

Wie kann man Frauen so verkennen?
Mein Gott, sie sind ja gar nicht so!
Gewiß, es will jede entbrennen...
aber doch nicht stets und irgendwo!
Auf Harfen kann jedermann klimpern,
es fragt sich nur: Wer spielt – und was...
Und spielt er dann nur
nach unsrer Natur –:
Dann gern
auch das.

Gesungen von Olga Rinnebach

George Grosz, „Ecce Homo“

Olle Germanen

Peter Janssens

F C7 F
to - nen - kraft". Be - zah - len tut der Ol - le.
(Pfiff)
gm F B♭ G7 F C F C
Was Wo - tan wei - hen wol - le!
C7 F C7 F F F F
2. Ver - ju - det sind die
F gm gm C
Wäl - der, ver - ju - det Je - sus Christ. Wir sin - gen ü - ber die

C dm C F B♭
Fel - der, wie das so üb - lich ist, in Reih und
F gm7 F C7 F
Glied das Deutsch - land - Lied. Nachts fun - kelt durch das
gm7 F B♭6 G7 C4 3 F C
Dun - kel Frau Frig - gas Frost - Fu - run - kel.
(Pfiff)
F C C7 F C7 F F F
3. Die

F F gm gm 7 C
Vor-haut, die soll wachsen, in Köln und Hal-ber-stadt; wir ach-ten selbst in
C dm C F B♭ F gm
Sach-sen, daß je – der ei – ne hat. Ganz ju – den – rein muß
F C7 F gm F
Deutsch-land sein. Und ha-ben wir zu sau-fen: Laß Lo – ki
(Geräusch)
B♭ G7 C4 3 F C F C C7 F C F
lu – hig lau – fen!

Wer uns verlacht, der irrt sich.
Uns bildet früh und spät
für 1940
die Universität.
    Wer waren unsre Ahnen?
    Kaschubische Germanen.
    Die zeugten zur Erfrischung
    uns Promenadenmischung.
        Drum drehten wir
        zum Beten hier
        die nationale Rolle.
        Was Wotan weihen wolle –!

Geist der zwanziger Jahre

Peter Janssens zeigte Tucholsky-Revue in Münsters PH

VON MICHAEL BACKHAUS

Daß die Texte gut seien würden, war klar. Wer sie sich bei Kurt Tucholsky sucht, hat keine Sorgen mit Geist und Witz. Die Frage war nur, ob Peter Janssens, der mit seinem Gesangsorchester in der Aulader PHzu Gunsten von amnesty international eine Tucholsky-Revue zeigte (und auf die Gage verzichtete), aus guten Gedichten auch gute Lieder gemacht hatte.

Tucholsky-Leser wußten es dem Münsteraner Komponisten, Arrangeur und Pianisten Janssens zu danken, daß er auf musikalische Experimente verzichtete. Das Wort mußte bei der Vertonung dieser gedichteten politischen Leitartikel das Wichtigste bleiben. Der Komponist handelte danach und verwandte flotte und gängige Kabarett-Musiken, wie sie durch die Lach- und Schießgesellschaft etwa bekannt sind.

Dadurch wurde die Musik ihrer Aufgabe gerecht: Sie unterstrich den Text, machte Hintergründiges hörbar. Der Geist jener Zeit wurde treffsicher übermittelt. Knochentrocken kam es aus den Kehlen der sechs Sängerinnen und Sänger, als sie die V… „Krieg dem Krieg" vortrug… nen Tucholsky die Gef… rüstung beim N… winnler … Ander…

Im „Gebet für die Gefangenen" wurde das Pathos des „Kyrie Eleyson" mit der Zwei-Klassen-Justiz der Weimarer Zeit kontrastiert. Mitglieder von amnesty verdeutlichen, daß manche Anklage, die diese Revue servierte, heute noch gültig ist. Sie schilderten den Fall eines inhaftierten Baptisten in der UdSSR und den Folterterror in Brasilien.

„Darum wird im Film nach dem Happy End gewöhnlich abgeblend't" oder „Man wünscht sich immer eine lange Dünne und bekommt eine kleine Dicke", die „Euro(po)päer" und andere bekannte Chansons bot der zweite Teil. Schmiss und Gewalttätigkeit der zwanziger Jahre wurden spürbar. Sie brachten mehr Schwung in die anfangs etwas müde wirkende Choreographie der drei Damen des Gesangsorchesters. Dabei kamen vor allem auch ihre attraktiven Formen provozierend zur Geltung. Überhaup… gelang es der Janssens-Trupp… Atmosphäre zu schaffen… vollen Verständni… der zwanzig… te.

Münster. Zeitung, 2. 2. 1977

Revue mit Tucholsky-Liedern im Kom(m)ödchen

Wäre Kurt Tucholsky, wenn er lebte, ein verdächtiger Sympathisant der Terroristen-Szene? Für den Münsteraner Musiker und Komponisten Peter Janssens, der ab Samstag für sechs Tage im Düsseldorfer „Kom(m)ödchen" mit der Tucholsky-Revue „Merkt Ihr Nischt?" gastiert, ist das inzwischen eine Schlüssel-Frage. Zwar hatte seine Revue vor zwei Jahren bei der Frankfurter Buchmesse Premiere, und damals war Tucholsky „in", jetzt aber hat Janssens Bedenken. Er sieht Parallelen. Tucholsky war ein kritischer Geist der 20er Jahre — und resignierte.

Janssens ist nun ein mit allen Wassern gewaschener Komponist und Musiker. „Ave Eva oder der Fall Maria" heißt ein Sacro-Popmusical, mit dem Janssens 1975 in der Düsseldorfer Thomaskirche gastierte. Zwei Jahre später, gestern abend, gastierte er mit diesem „Singspiel" in Gummersbach.

Zum Repertoire dieses Tausendsassas zwischen Evangelischer und Katholischer Kirche gehören unter anderem ein „Gebet für Marilyn Monroe/Psalm 21", „Menschensohn I und II" (Sacro-Popmusical), „Denk ich an Deutschland" nach Texten von Heinrich Heine, Turnlieder unter dem Titel „So kann das Spiel beginnen" und verschiedene Kinder-Musicals. 1968/69 arbeitete Janssens in Düsseldorf bei Stroux für die Inszenierung „Was ihr wollt".

Janssens' Kompositionen für die Tucholsky-Lieder berufen sich auf das althergebrachte Chanson, Jazz- und Rockelemente werden verarbeitet. Laut „Kom(m)ödchen"-Chef Kay Lorentz sind darunter „ausgesprochene Ohrwürmer". Janssens: „Von der Form her ein kritischer Liederabend." uw

Rheinische Post, Düsseldorf, 13. 10. 1977

Park Monceau

Olaf Bienert

Musikrechte Christian Bienert, Berlin.

D♭ G♭m D♭ B♭m G♭ G♭m D♭/F E7
Hier darf ich links gehn. Un – ter grü – nen Bäu – men
E♭7 G♭o B♭m7 E♭7/B♭ A♭13sus4 A♭7/9- D♭
sagt kei – ne Ta – fel, was ver – bo – ten ist. Ein dik – ker
B♭m A♭ F7
Kul – ler – ball liegt auf dem Ra – sen. Ein
mf
B♭m E♭7/9- A♭ F7/9-
Vo – gel zupft an ei – nem hel – len Blatt. Ein klei – ner

B♭m E♭7 C7/5+ C7 F7/9-
Jun – ge gräbt sich in der Na – sen und freut sich,
D♭6 B♭m7/5- E♭m (rhyth-
wenn er was ge – fun – den hat. Es
(rhythmisch)
misch) A♭m E♭m7 A♭m7 A♭m E♭m
prü – fen vier A – me – ri – ka – ne – rin – nen, ob Cook auch
A♭ E♭m H9 A♭
recht hat und hier Bäu – me stehn. Pa –

D A Hm F♯m7 rall.
ris von au – ßen und Pa – ris von in – nen: sie
rall.
D13/9 D7/9 tacet A♭7 A♭+
se – hen nichts und müs – sen al – les sehn.
Tempo I
p
D♭ G♭m D♭ B♭m G♭ G♭m D♭/F E7
Die Kin – der lär – men auf den bun – ten Stei – nen.
E♭7 G♭o B♭m7 E♭7 E♭o E♭7 A♭7
Die Son – ne scheint und glit – zert auf ein Haus.

D♭ F♯m7/5- H7 Emaj7
Ich sit – ze still und las – se mich be – schei – nen
D7/5- D7
und ruh von mei – nem Va – ter – lan – de
D♭ H9/7/5-
aus.
B♭m G♭m D♭
pp

Paris, 1928 KTA

Worin besteht der Zauber von Paris? In der Architektur? In der silbrigen Luft? In der Mode? In den Frauen? Im Sekt? In all dem zusammen? Nein.
Das, was die einzige Atmosphäre dieser Stadt ausmacht, ist ihre Menschlichkeit. Wenn man aus Deutschland kommt, versteht man es erst gar nicht. Wir sind doch gewöhnt, daß ein Gasbeamter ein Gasbeamter ist und weiter nichts – daß ein Gerichtsdiener Gerichtsdiener, ein Schaffner Schaffner und ein Billettverkäufer Billettverkäufer ist. Wenn sie wirklich die starre Maske des ‚Dienstes' ein wenig lüften, so geschieht das meistens, um Unhöflichkeiten zu sagen. Herr Triebecke hat sich eine bunte Mütze aufgesetzt, und Herr Triebecke ist völlig verschwunden: vorhanden ist nur noch einer, der ‚seinen Dienst macht'. Ja, die freiwillige Einordnung in jede Kollektivität, in der man sich geborgen fühlt, geht so weit, daß man in deutschen Diskussionen oft zu hören bekommt: „Ich als Schleswig-Holsteiner", „Ich als mittlerer Beamter" und sogar: „Ich als Vater . . ." Nur, einfach: ‚Ich', ich als Mensch – das ist selten.

Kurt Tucholsky

GW I 1170

Der Pfau

Kurt Werner

Manuskript im Kurt Tucholsky-Archiv. Musikrechte beim Komponisten.

D7/9 D7 G7 Cmaj7 C6 C
gin - gen, lieb-ko - sten mit dem Blick den Sil - ber - schein. 2. Ich
rit.
D♭ D♭7/9(11+) A9 A6
weiß, daß ich sehr schön bin. Mei - ne Fe - dern auf mei-nem
D7/9 D° C7/9
Kopf stell ich oft ka - pri - ziös… 8va Ich hab das
H9 Emaj7
wei - ße - ste von al - len Pfau - en - rä - dern; ich bin sehr

D7/9 G7 D♭7 C B♭7/9(11+)
teu - er, sel-ten und ner - vös. 3. Ich ha - be lei - der ziem-lich
f
A B♭7/9(11+)
gro - ße Kral - len, und wenn ich flie - ge, sieht es
A C7/9(11+)
kläg - lich aus. Doch, wer mich liebt, dem wer - de
H C7/9
ich ge - fal - len, und al - le Welt steht vor dem

Tempo I
G7/5+ C7/9 G7 F
Vo – gel – haus. 4. Klug bin ich nicht.
rit.
f > p
B♭7/9 F B♭7/9
Klug-heit ist nicht bei al-len, viel liegt nicht hin-ter mei-ner
F E♭7/9 A7
Vo-gel-stirn. Ich will ge-fal-len– im-mer nur ge-fal-len–
C C7/9(11+) G7 C
5. Ich bin ein schö-ner Pfau. Ich brau-che kein Ge-hirn. Nur
sfz
pp

Cm Cm7+ Cm7
sin – gen darf ich nicht. Das or – di – näre Gekrächz ist nicht zu seh'n wie mein
mf
F7/9 F7/5+ B♭7/9(11+)
Bild – nis zeigt. Ich bin ein Pfau. Und ei – ne
8va
G7 C7 F11 C7 F11
schö – ne Leh – re: Wer dumm und schön ist,
p
C7 F11 C7 Bass B♭
setzt sich. Siegt. Und schweigt.
pp

Der Pfau

VON

THEOBALD TIGER

Ich bin ein Pfau.
In meinen weißen Schwingen
fängt sich das Schleierlicht der Sonne ein.
Und alle Frauen, die vorübergingen,
liebkosten mit dem Blick den Silberschein.

Ich weiß, daß ich sehr schön bin.
Meine Federn
auf meinem Kopf stell' ich oft kapriziös . . .
Ich hab' das weißeste von allen Pfauenrädern,
ich bin sehr teuer, selten und nervös.

Ich habe leider ziemlich große Krallen,
und wenn ich fliege, sieht es kläglich aus.
Doch, wer mich liebt, dem werde ich gefallen,
und alle Welt steht vor dem Vogelhaus.

Klug bin ich nicht. Klugheit ist nicht bei allen,
viel liegt nicht hinter meiner Vogelstirn.
Ich will gefallen – immer nur gefallen –
Ich bin ein schöner Pfau. Ich brauche kein
Gehirn.

Nur singen darf ich nicht. Das ordinäre
Gekrächz ist nicht zu sehen – wie mein
Bildnis zeigt.
Ich bin ein Pfau.
Und eine schöne Lehre:
Wer dumm und schön ist, setzt sich. Siegt.
Und schweigt.

Die Dame, Berlin, Juli 1927

Der Priem

Hanns Eisler

Alle Rechte vorbehalten
Unter vielem Spucken zu singen
(Tucholsky)

Für den Heimatrückkehrer
zur Begrüßung vom Klavierspieler
(Eisler)

Gesungen von Ernst Busch

E F7 E
rau - chen, weißt du, was sie da brau-chen bei
F7 poco rit. E E/D C♯m7 E/H A
Nacht und auch bei Tag? Den Kau - ta - bak, den
pp
Hm7 A/C♯ Am/C A/C♯ Hm/D H7/D♯
Kau - ta - bak, ein klei - nes Stück-chen Kau - ta - bak von der
A/E E7 1.-5. A 6. A
Fir - ma Ek - ken - brecht aus Kiel. 2. Es Kiel.

Es heulen die Sirenen.
Die Braut in Tränen schwimmt.
Es schwimmt die Braut in Tränen,
wenn der Seemann Abschied nimmt.
  Sie drücken sich die Hände;
  dann gibt sie ihm am Ende
  verschämt ein kleines Pack
    mit Kautabak – mit Kautabak –
    mit nem halben Pfündchen Kautabak
    von der Firma Eckenbrecht
      aus Kiel.

Da hinten liegt sein Kutter,
da hinten liegt sein Kahn.
Sie sagt, sie fühlt sich Mutter,
er sieht sie blöde an.
  Er läßt sich von ihr kosen,
  die Hände in den Hosen,
  dann nimmt er einen Schlag
    vom Kautabak – vom Kautabak –
    ein kleines Stückchen Kautabak
    von der Firma Eckenbrecht
      aus Kiel.

Das Schiff fährt in den Hafen
wohl in Batavia.
Mit den Mädchen muß man schlafen,
wozu sind sie sonst da!
  Die er geliebkost hatte,
  liegt nackt auf einer Matte;
  er holt aus seinem Pack
    den Kautabak – den Kautabak –
    ein kleines Stückchen Kautabak
    von der Firma Eckenbrecht
      aus Kiel.

Das Schiff tät nicht versaufen,
in Hamburg legt es an.
Marie mußt sich verkaufen
nachts auf der Reeperbahn.
Nun spürt der arme Junge
grad unter seiner Zunge
den bitteren Geschmack
vom Kautabak – vom Kautabak –
vom kleinen Stückchen Kautabak
von der Firma Eckenbrecht
aus Kiel.

Wie dem Seemann mit den Frauen,
uns gehts genau wie ihm.
Das Leben muß man kauen,
das Dasein ist ein Priem.
Es schmeckt dem Knecht und Ritter
mal süß und auch mal bitter…
Spuck ihn aus, wer ihn nicht mag!
Den Kautabak – den Kautabak –
das kleine Stückchen Kautabak
von der Firma Eckenbrecht
aus Kiel.

DKA

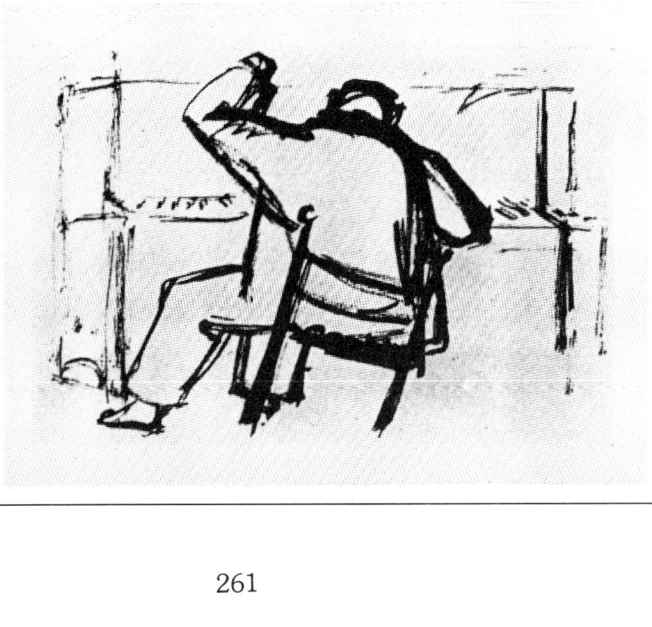

Hanns Eisler
Zeichnung
Gustav Seitz

Ludendorff
Erich Ludendorff wird unter den Blinden als Einäugiger König, begreift schon 1915, auf welchem Stuhl er sitzt, und reißt bald die gesamte Führung des Landes an sich. Das alte verachtungsvolle Mißtrauen des Militärs gegen Zivil – hier kann es sich einmal restlos auswirken. Maßgebend wird allein das, was man ,militärische Notwendigkeiten' nennt, für die wirtschaftlichen und internationalen Zusammenhänge kommandiert man sich je einen Leutnant ab, und die Arbeiterfrage regeln nach Bedarf Bezirksfeldwebel und Militärgericht …
Die anderen bliesen: Das Ganze halt! Unauslöschlich steht fest: Erich Ludendorff floh nach Schweden. Unter Friedrich dem Zweiten war das nicht üblich gewesen – der General neuen Schlages floh. Er hieß drüben so lange Lindström, bis man ihn hinauswarf. Dann kam er zurück, mit einem dicken Band Memoiren bewaffnet …
Und so tief und unerschütterlich eingewurzelt ist die Liebe des schlechtern Teils unsres Landes zu diesem Mann, daß die Haupttatsachen seiner Geschichte heute entweder vergessen oder umgedeutet werden … Die alten Römer und Griechen dachten darin folgerichtiger: gestürzte Politiker hatten bei ihnen nichts zu lachen, sie verbannten sie, weil sie richtig erkannt hatten, daß sich kein Mensch ändert, daß man nicht umlernen kann, und daß eine Republik von einem Antirepublikaner nichts zu erwarten hat …
Was ist Ludendorff? Ein deutscher Führer, wie er nicht sein soll.

Ignaz Wrobel in *Freiheit,* Berliner Organ der USPD, 1. Mai 1920
GW I 643 ff

Rote Melodie

Für Erich Ludendorff

Friedrich Hollaender

Am A tacet
– stand bei den Rus – sen. Da fuhr man
C C° C C♯°
sie, wies lie – be Vieh, zur
G7/D G7 G7/D G7 C
Front in Om – ni – bus – sen. Und
sfz
mf
E E♭° H7 E
da, da blieb die Feld – post weg. Ha –

E/H H7 E
ho! Er lag im Dreck. Die
F/E♭ E F/E♭ E E♭o H7/9- E
Jah – re, die Jah – re, sie gin – gen träg und stumm. Die
F/E♭ E F/E♭ E E♭o H7
rit.
Haa – re, die Haa – re sind grau vom Bal – ti –
rit.
E7 A D
f a tempo
kum! 1.-3. Ge – ne – ral! Ge – ne – ral! Wag... es nur nicht noch ein –
a tempo
f

A E
mal! Es schrein die To – ten! Denk an die
A A7 D G
Ro – ten! Sieh dich vor! Sieh dich vor! Hör den
D Hm C♯ F♯m A7
brau-send dump-fen Chor! 1.-2. Wir rük-ken nä – her ran-Ka –
D F7 A E7 1. 2. A 3. A
no – nen-mann! Vom Grab –! schieb ab – mit!
sfz
con 8va

Ich sah durchs Land
im Weltenbrand –
da weinten tausend Frauen.
Der Mäher schnitt.
Sie litten mit
mit hunderttausend Grauen.
Und wozu Todesangst und Schreck?
Haho! Für einen Dreck!
Die Leiber – die Leiber –
sie liegen in der Erd.
Wir Weiber – wir Weiber –
wir sind nun nichts mehr wert...
General! General!
Wag es nur nicht noch einmal!
Es schrein die Toten!
Denk an die Roten!
Sieh dich vor! Sieh dich vor!
Hör den brausend dumpfen Chor!
Wir rücken näher ran, Kanonenmann,
zum Grab! – Schieb ab –!

In dunkler Nacht,
wenn keiner wacht –:
dann steigen aus dem Graben
der Füsilier,
der Musketier,
die keine Ruhe haben.
Das Totenbataillon entschwebt –
Haho! zu dem, der lebt.
Verschwommen, verschwommen
hörst dus im Windgebraus.
Sie kommen! Sie kommen!
und wehen um sein Haus...
General! General!
Wag es nur nicht noch einmal!
Es schrein die Toten!
Denk an die Roten!
Sieh dich vor! Sieh dich vor!
Hör den unterirdischen Chor!
Wir rücken näher ran – du Knochenmann! –
im Schritt!
Komm mit –!

Am 23. Dezember 1920 eröffnete Rosa Valetti in der ersten Etage des „Café des Westens“ am Kurfürstendamm (im Volksmund „Café Größenwahn“ genannt, weil es neben dem „Romanischen Café“ ein Treffpunkt von Künstlern und Literaten war) das „Größenwahn“, neben „Schall und Rauch“ und der „Wilden Bühne“ eines der bedeutendsten Kabaretts dieser Epoche. Sie zog sich nach der zweiten Spielzeit (Frühjahr/Sommer 1922) vom „Größenwahn“ zurück. Das Unternehmen bestand weiter; allerdings: „Der Kurs, den dieses Kabarett jetzt steuert, ist die uralte Fahrrinne ins Amüsement. Die fatale Tradition einer gewissen Geistigkeit, die dort nicht allzu lange, aber immerhin einprägsam herrschte, ist restlos als Ballast über Bord geworfen worden und in den Konjunkturwogen versunken.“ (Berliner Börsen-Courier, 1. 1. 1922)

Nach: Walter Rösler, „Das Chanson im deutschen Kabarett 1901–1933“, Berlin 1980

Die „Rote Melodie“ sang Rosa Valetti zuerst in der „Rakete“ und im „Größenwahn“; später auch gesungen von Kate Kühl und – in einer Fassung von Hanns Eisler – von Gisela May.

Rosa Valetti

Rosa Valetti
Rosa Valetti hat selbstverständlich auch Gefühl und sehr viel. Wie wäre sie sonst eine Menschendarstellerin ersten Ranges! Aber sie zeigt es nie eine Sekunde zu früh: sie kann es bis zur unerhörtesten Spannung in sich ansammeln lassen. Nichts an ihr ist großartiger als ihre Fähigkeit zur vollkommenen Starrheit. Jenes Stillstehen, das nicht ein Negativum, ein Untätigsein, sondern eine äußerste gleichgewichtige Anspannung aller Kräfte ist, und das nur so ganz wenige Schauspieler können: das ist ihr im allerhöchsten Maße eigen. Dies aber ist im Grunde genommen das Geheimnis jedes „Stils". Denn nur das betonende Durchhalten wichtiger Momente schafft Stilisierung, große Rhythmen. Die Valetti starrt unbeweglich wie der Kopf der Gorgo: hypnotisierend, grotesk, grauenvoll, bis zum Unerträglichen aufregend. Sie hat einen Gang: ohne alle Biegung, riesenhaft gesetzte, ungeheuer langsame Schritte, wie die Erynnien – „so schreiten keine irdischen Weiber". Sie hat einen Schrei: gradlinig, gräßlich, wie aus einem Urwald hervorbrechend – ein Schrei, der für Klytaimnestra im Augenblick des Mordes grade ausreichen würde ...
In dieser Frau ist alles Spannung, und Alles arbeitet mit der sparsamen Betonungskraft des Genies. Wenn aus dieser sichersten Haltung plötzlich die Kraft weicht, die Hände daneben greifen, die Augen umherirren, die Töne mechanisch werden oder taumeln, so bekommt man ein Gefühl von Weltuntergang. Und wenn die Valetti in einem Dirnenlied hoch herauspulvert – den Moment, wo sie einem dummen Luxusgeschöpf aus reinem, überpersönlich großem Haß ins Gesicht geschlagen hat – ihre heisere Baßstimme heult Orkane, ihre Arme fahren mit bärenhaftem Schlag durch die Luft, ihr Leib steht schräg aufgerissen im Raum: so ist mehr Aufruhr, mehr wirkliche Revolution darin, mehr chaotischer Naturvorgang als in sämtlichen expressionistischen Dramen zusammengenommen.

Julius Bab, *Die Weltbühne*, XVIII. Jahrgang, Nummer 32, 10. August 1922

DKA

KTA

Sauflied, ganz allein

Peter Janssens

D D gm D
1. näch - sten Tag bin ich so mü - de. Du mein
2. Mar - got Glyn - Ka - lis - ki. Rhein-wein
gm cm7
1. hol - des Glas - ge - spinst! Ob du dich auf mich be - sinnst? Mor - gens
2. ist nicht stark ge - nug, dar - um nehm ich ei - nen Schluck von dem
D D gm F
1. warst du im - mer et - was prü - de. Dar - um
2. gu - ten, gel - ben, gu - ten Whis - ky. Und ich
B♭ F4 F3 D7
1. trink ich auf dein Wohl die - ses Gläs - chen Al - ko - hol! Braun und
2. trin - ke auf dein Wohl die - ses Fläschchen A - li - kol. Braun und

gm Eb 1. D gm F 2. D7 gm
1. blond, rot und schwarz, ihr sollt le - ben! Dar - um le - ben!
2. Blond, Black and White… Ihr sollt le - ben! Und ich le - ben!
gm gm cm7
3. Tin - te, Rotwein und O - dol sind drei Flüssig - kei - ten wohl, da - von
D D7 gm D7 gm
kann der Mensch schon le - ben. So schön kannst du gar nicht sein, wie in
cm7 D D7 gm F
mei - nen Träu - me rein – so viel kannst du gar - nicht ge - ben. Al - ler -

B♭ F D7
schön- ste Frau - en - zier, ach, wie gut, daß du nicht hier! Oh, wie
gm E♭ D7 gm B♭
ger - ne man doch küßt, wenn die Frau wo - an - ders ist...! Le - be
(gespro - chen): Nur in den klei-nen Räuschen kann die Frau uns nicht enttäu-
F B♭ F
wohl! Le - be wohl! — Le - be wohl, mein Land Ti -
1. B♭ 2 B♭
schen!
rol! Le - be rol! hal - la - la - la - tio
Mit beiden Armen breit aufs Klavier.

Manchmal denke ich an dich,
das bekommt mich aber nich,
denn am nächsten Tag bin ich so müde.
Du mein holdes Glasgespinst!
Ob du dich auf mich besinnst?
Morgens warst du immer etwas prüde.
Darum trink ich auf dein Wohl
dieses Gläschen Alkohol!
Braun und blond – rot und schwarz –
Ihr sollt leben!

Deine Augen sind so blau
ganz genau wie bei der Frau
Erna Margot Glyn-Kaliski.
Rheinwein ist nicht stark genug,
darum nehm ich einen Schluck
von dem guten, gelben Whisky.
Und ich trinke auf dein Wohl
dieses Fläschchen Alikol –
Braun und Blond – Black and White...
Ihr sollt leben!

Tinte, Rotwein und Odol
sind drei Flüssigkeiten wohl –
davon kann der Mensch schon leben.
So schön kannst du gar nicht sein,
wie in meinen Träumerein –
so viel kannst du gar nicht geben.
Allerschönste Frauenzier,
ach, wie gut, daß du nicht hier!
Oh, wie gerne man doch küßt,
wenn die Frau wo anders ist ...!
Und darum trink ich auf dein Wohl!
Nun ade, mein Land Tirol!
Lebe wohl! Nur in den kleinen Räuschen
lebe wohl, kann die Frau uns nicht enttäuschen!
Lebe wohl! Lebe wohl!
Lebe wohl, mein Land Tirol –!

DKA

DKA

Kate Kühl

Schifferlied

(Mal singen, Leute –!)

Für Kate Kühl

Erich Einegg

Fm7 B♭ E♭ A♭ E♭ C7
se – gelt rasch da – hin. Er sitzt in der Kom-bü – se und
mf
Fm7 B♭7 E♭ E♭6/B♭ F7/A E♭6/B♭
sto – chert im Ge – mü – se und denkt sich: Wenns Ma –
F7/A E♭6/B♭ F7/A H7
rie nicht ist, na, dann ists ei – ne Ne – ge – rin. Der
E♭/B♭ H7 E♭/B♭ H7 E♭ F7 B♭7 E♭
hat, der hat in
p

Refrain
E♭6 B♭7 E♭ E♭7 A♭
je – der Stadt 'ne Braut! Die er – ste für die See – le, die
C7 F B♭7 C7 E♭6
zwei – te fürs Ge – müt; die
Am7/5- E♭/B♭ Am 7/5- E♭/B♭ Am 7/5- E♭/B♭ Am 7/5- A° E♭
drit – te we – gen Hop – pel – di – bopp
F7 B♭7
1. 2. 3.
E♭
auf Nacht, wenns kei-ner sieht! 2. Mein
8va

4.
E♭
A♭m6
Nacht, wenns kei – ner sieht! Das macht der Reiz sei – nes
E♭
A♭m6
E♭
An – ge – sichts! Und die ei – ne weiß von der an-dern nichts,
F7/A
E♭/B♭
F7/A
H7
E♭/B♭
H7
E♭/B♭
H7
daß er ihr Pro-gramm ge-klaut! In
E♭/B♭
F7
B♭7
E♭
B♭11
E♭
B♭7
E♭
je – der Stadt, in je – der in je – der Stadt 'ne Braut!

Mein Freund, daß du geheirat hast,
das will mir gar nicht ein.
Dein Stück Malheur ist eine Last!
Komm, wirf sie in den Rhein!
Er sagt: „Ich wünscht, ich kann es!
Wem sagst du das, Johannes!
Ich denk so oft, wenn die Alte schnarcht: Ach, wär ich jetzt allein!“
Ich hätt
in jeder Stadt 'ne Braut –!
Die erste für die Seele,
die zweite fürs Gemüt;
die dritte für das Hoppeldibopp –
auf Nacht, wenns keiner sieht!

Mensch, unser Gustav Stresemann
das ist wohl ein Filou!
Er meiert sich bei jedem an
und singt was Schöns dazu.
Er steht am Wasserglase
und redet durch die Nase,
mal rechts durchs Loch, mal links durchs Loch – der Junge ist atout!
Der hat
in jeder Stadt 'ne Braut –!
Die erste für die Seele,
die zweite fürs Gemüt;
die dritte für das Hoppeldibopp –
auf Nacht, wenns keiner sieht!
Das macht der Reiz seines Angesichts!
Und die eine weiß von der andern nichts,
daß er ihr Programm geklaut!
In jeder Stadt
in jeder Stadt
in jeder Stadt 'ne Braut –!

Bei einer Umfrage des UHU, Berlin, nannte Kate Kühl im August 1929 „Mal singen, Leute –!“ als ihr „liebstes Chanson“

Sie, zu ihm

Rolf Alexander Wilhelm

Doch ha – be ich mein Glück ge – fun – den, seh ich dir
manch-mal ins Ge – sicht: Ich kenn dich in so vie – len
Stun – den –
Ruhig
nein, zärt-lich bist du
nicht.
2. Du küßt recht gut.
Auf man-che Wei – se zeigst du mir,
Dm7
G7/9
Cmaj7
C6
a tempo

Hm7/5- E7 Am Gm7 C-5/7/-9
was das ist: Ge – nuß. Du hörst gern Klatsch. Du sagst mir
Fmaj9 F6 Hm7/5- E7 A
lei – se, wann ich die Lip - pen nach-ziehn muß.
Am7 D7/9 Gmaj7 G6
Du bleibst so – gar vor an – dern Frau – en in
Hm7/5- E7 Am C♯m7/5- F♯7
gut ge-spiel - tem Gleich-ge – wicht; man kann dir manch-mal so – gar

Hm
Dm9/11
G-5/7/-9
C6
trau – en...
a – ber zärt-lich bist du
nicht.
rit.
Ruhig
a tempo
C♯o
Dm7
G7/9
3. O wärst du zärt – lich! Mei – net –
Cmaj7
C6
Hm7/5-
E7
Am
we – gen kannst du so – gar ge – fühl – voll sein. Mensch, wie ein
Gm7
C-5/7/-9
Fmaj7
F6
war – mer Früh – lings – re – gen so hüll – te

Hm7/5- E7 Amaj7/9 A6 Am7 D7/9
Zärt – lich – keit mich ein! Wärst du der Wei – che von uns
Gj7/9 G6 Hm7/5- E7
bei – den, wärst du der Dum – me. Bu – be
Am+7 Am6 C#m7/5- F#7
sticht. Denn wer mehr liebt, der muß mehr
Hm
tacet
lei – den. Nein, zärt-lich bist du nicht.
Breit
rit.
p

Singt eener uffn Hof

Olaf Bienert

Am
stun – den zu dir „Mein Pum – mel – chen“ je – sacht. Du
1.-2.
Am7/5- G/D G/D
wahst in mei – nes Lehms Auf un Ab die
2. Vers
D7/9/A D7/9 G6
Ra – sen – bank am El – tern – jrab. 2. Mein

3.
Am/C
3. Blu - men – topp vor dei - nen Fen – sta, der
G/D
D7/9/A
duf - tet in dein Zim - mer rein… Leb wohl, mein lie - bes Kind, und
D7/9
D7/9/A
D7/9
G
wenn - sta mal drek - kich jeht, denn den - ke mein!

Mein Auhre sah den Hümmel offen,
ick nahm dir sachte uffn Schoß.
An nächsten Tach wahst du besoffen
un jingst mit fremde Kerle los.
Un bist retuhr jekomm, bleich un schlapp –
von wejen: Rasenbank am Elternjrab!

Du wahst mein schönstet Jlück auf Erden,
nur du – von hinten und von vorn.
Mit uns zwee hätt et können werden,
et is man leider nischt jeworn.
Der Blumentopp vor deinen Fensta
der duftet in dein Zimmer rein…
Leb wohl, mein liebes Kind, und wennsta
mal dreckich jeht, denn denke mein –!

Sommerlied

Für meinen alten Ernst,
damit er sich nicht im Urlaub erholt,
vom alten Klavierspieler

Hanns Eisler

F9 C7/E C7/9 C7/E C7/9 F6
— der be - lieb - te Hu - mo - rist vors vol - le Haus.
Dm7 Dm7/C G♭7 F7
— Und er tut als wie be - sof - fen, und er
G♭7 F7
mur - melt schwer be - trof - fen, Schned-de - re -
B♭/D B♭m C7
f
deng, Schned-de - re - deng, den Re - frain: „Und ick
f

1.-2.
C7/E C7/9 C7/E C7/9 F6
im – mer mitn mit, mitn Schmidt, mitn mit, und ick
f
C7/E C7/9 C7/E C7/9 F6 Dm7 C7
im – mer mitn mit, mitn Schmidt! Und ick
C7/E C7/9 C7/E C7/9 F6
im mer mitn mit, mitn Schmidt, mitn mit, und ick
f
C7/E C7/9 C7/E C7/9 F6 Dm7 F/C
im – mer mitn mit, mitn Schmidt." 2. Man – cher

Quasi Marcia

Mancher Journalist
weiß genau, wies ist,
wenn der Umsturz alle Seelen faßt.
Und er sichert sich
leis und vorsichtig,
daß er nur den letzten Anschluß nicht verpaßt.
Der Zeitgeist pfeift. Der Zeitgeist lockt.
Und ganz gesiegt ist halb geschmockt. –
Schnedderedeng – im Refrain:
Und sie immer mitn mit, mitn Schmidt, mitn mit,
und sie immer mitn mit, mitn mit, mitn Schmidt!

Manches Volk ist blind,
Fahnen wehn im Wind,
Idealen geht die Farbe ab.
Doch sie hängen dran –
alle, Mann für Mann –
haben nichts gelernt von Wilhelm bis zu Kapp.
Führt auch Ludendorff sie in den Scheibenkleister:
er bleibt doch der große deutsche Meister –
Schnedderedeng – im Refrain:
Und sie alle mitn mit, mitn Schmidt, mitn mit,
und sie alle mitn mit, mitn mit, mitn Schmidt!

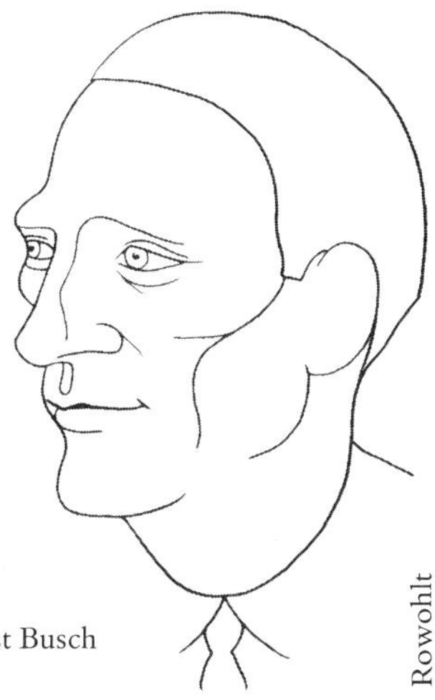

Ernst Busch

Rowohlt

ALLE RECHTE VORBEHALTEN! Theobald Tiger

S t o ß s e u f z e r e i n e r D a m e , i n b e w e g t e r N a c h t

Der Teufel hol den schwarzen Kaffee – wieviel Uhr mags denn sein–?
Ich kann ja nicht – kann ja nicht schlafen!
Und neben mir der alte Affe schläft immer gleich ein –
und ich kann nicht – ich kann nicht schlafen!
Ich bin ja noch munter und plage mich
und guck an mir runter und frage mich:
Sind das meine Beine – oder sind das deine Beine – oder sind das unsre Beine – oder wie...?
Mensch, schlaf bloß nicht – schlaf bloß nicht – in Kompagnie!

Da liegen viele Zeitungsnummern und ein Buch übern Tanz...
was nützt es denn, wenn ich noch lese?
Kann einer nämlich nicht entschlummern, und der andre, der kann–:
denn wird man, denn wird man so beese...
Seh ich ihn so schlafen, denn will ich das auch.
Und er stößt mir die Beine in meinen Bauch...
Sind das meine Beine – oder sind das seine Beine – oder sind das unsere Beine oder wie ...?
Mensch, schlaf bloß nicht – schlaf bloß nicht – in Kompagnie!

Das ist die Hölle wie von Dante – der Mann ist so roh!
Die Decke, die ist immer seine...
Ich kipple ängstlich auf der Kante – mal so und mal so –
man denkt, man hat siebenhundert Beine.
Seh ich mir so an, welcher Haarwuchs ihn ziert:
es wär Zeit, daß er sich mal die Beine rasiert...
Sind das meine Beine – oder sind das seine Beine – oder sind das unsere Beine – oder wie...?
Mensch, schlaf bloß nicht – schlaf bloß nicht – in Kompagnie!

Als kleine Mädchen, bunt bebändert – hatten wir einen Wunsch:
für die Nacht einen leiblichen Grafen!
Inzwischen hat sich das geändert – ich zieh einen Flunsch –
ich kann ja zu Zwein doch nicht schlafen!
Ich wünsch mir nur eines, aber das wünsch ich sehr:
ich möcht mal allein sein – dann fragt ich nicht mehr:
Wem gehört denn – wem gehört denn – wem gehört denn das Bein!
Lieben : ja.
Aber schlafen? Allein...!

KTA

Die Weltbühne, XXIV. Jahrgang, Nummer 50, 11. Dezember 1928

Coupletvortrag

Es macht wenig Spaß, für deutsche Schauspieler Couplets zu schreiben. Bezeichnend ist, daß der Deutsche diese Gattung abwechselnd „Chanson" oder „Couplet" nennt, was im französischen „Strophe" bedeutet — und nun, da der Einfluß Frankreichs auf Deutschland zugunsten der angelsächsischen Länder zurückgetreten ist, nennt er es „song", wobei er allemal andeutet, daß er dafür kein Wort hat, weil der Begriff fehlt.

Der französische Chansonnier singt seinen Text von einem Blatt Papier ab — kommt also gar nicht dazu, das zu tun, womit Seine Prominenz in Berlin so viele Texte zerstört: nämlich zu „spielen", sich zwischen das Lied und den Empfänger zu drängen, Sinn und Gehalt zu verfälschen. Es gibt in Berlin ein paar Ausnahmen, die große Valetti voran, Paul Graetz und andre, auf die man sich verlassen kann — der Durchschnitt macht sich mausig, und das Lied ist im Mond.

Schrecklich, wenn sie über die Vers-Enden, die doch einen Einschnitt bedeuten, den Text „sinngemäß" ziehen — während doch der Rhythmus zu herrschen hat; fürchterlich, wenn sie „Nuancen" erfinden, die gar nichts mit dem Lied und alles mit ihrer Eitelkeit zu tun haben. Ein guter Text ist kein Sprungbrett. Es ist nicht wahr, daß diese uns erst zum Leben verhelfen — sie töten.

Wenn sie wissen wollen, wie man so etwas zu machen hat, dann mögen sie sich Columbia 4942 vordrehen lassen — wie da die Dame Tukker in den Refrain „Virginia" steigt, das läßt einem das Herz höher schlagen. Die kanns, die hats verstanden. Aber dazu muß man freilich eine Persönlichkeit sein, und die ist nicht jedem gegeben, der hohe Gagen bekommt.

Nimmt man, abgesehen von der grenzenlosen Unzuverlässigkeit der Direktoren, hinzu, daß es keinen gebildeten Tyrannen des Cabarets gibt, so hat man jenen Tiefstand, den wir alle beklagen. So dringt kaum ein Lied in die Tiefe, keines von Wert geht in die Breite — alles ist auf den Ausruf des Rechtsanwalts im Smoking: „Faabelhaft!" angelegt —: wild gewordene Provinz, darin der Prominente seinem Affen Zucker gibt. Es ist kein Zufall, wie die besten Autoren der lustigen Gattung, Friedrich Hollaender und Marcellus Schiffer, ihre Texte durchsetzen — sicherlich oft gegen den Schauspieler. Wie man ja bei Spitzenleistungen besser tut, nicht auf den Fachmann zu hören; so sind auch im Film die Caligaris aller Arten gegen den Widerspruch der Kommissionäre durchgegangen. Denn hätte man auf sie gehört, so ständen wir heute noch bei „Donauweibchen" und „Ein Bursch am Rhein".

In der Kunst drängt sich der Kommissionär viel zu sehr hervor, der längst nicht mehr mit der Rolle des Mittlers zufrieden ist — Regisseure, Kunsthändler und sogar gänzlich unproduktive Vermittler werden maßlos überschätzt.

Die schlimmste Zensur für unsereinen sitzt nicht in den Ministerien, sondern in größenwahnsinnig gewordenen Mimen, die, überzahlt, nur das durchgehen lassen, was sie begreifen. Und das ist nicht viel.

Junger Reinhardt des Cabarets — wo bist du —?

Peter Panter

Stoßseufzer einer Dame, in bewegter Nacht

Theobald Tiger

Aus dem Nachlaß. Kurt Tucholsky-Archiv, Rottach-Egern.

E♭
A♭
ne – ben mir der al – te Af – fe schläft _ im – mer gleich
E/G
Fm
F7
E♭/B♭
ein, und ich kann nicht, ich _ kann nicht schla – –
B♭
B♭7
Fm
B♭7
fen! Ich bin ja noch mun – ter und _
E♭
B♭7
E♭/G
F7
pla – – ge mich _ und guck an mir

B♭7 F7 B♭7
run – ter und fra – ge mich: Sind das
E♭
mei – ne Bei – ne o – der sind das dei – ne Bei – ne o – der sind das
B♭7/F E♭/G
uns – re Bei – ne o – der wie? Mensch,
A♭o Fm E♭/5- E♭ Fm B♭7 E♭
schlaf nicht, schlaf bloß nicht in Kom – pa – gnie!

Da liegen viele Zeitungsnummern und ein Buch übern Tanz…
was nützt es denn, wenn ich noch lese?
Kann einer nämlich nicht entschlummern, und der andre, der kanns –:
dann wird man, dann wird man so beese…
Seh ich ihn so schlafen, dann will ich das auch.
Und er stößt mir die Beine in meinen Bauch…
Sind das meine Beine – oder sind das seine Beine – oder sind das
unsere Beine – oder wie…?
Mensch, schlaf bloß nicht – schlaf bloß nicht – in Kompagnie!

Das ist die Hölle wie von Dante – der Mann ist so roh!
Die Decke, die ist immer seine…
Ich kipple ängstlich auf der Kante – mal so und mal so –
man denkt, man hat siebenhundert Beine.
Seh ich mir so an, welcher Haarwuchs ihn ziert:
es wär Zeit, daß er sich mal die Beine rasiert…
Sind das meine Beine – oder sind das seine Beine – oder sind das
unsere Beine – oder wie…?
Mensch, schlaf bloß nicht – schlaf bloß nicht – in Kompagnie!

Als kleine Mädchen, bunt bebändert – hatten wir einen Wunsch:
für die Nacht einen leiblichen Grafen!
Inzwischen hat sich das geändert – ich zieh einen Flunsch –
ich kann ja zu zwein doch nicht schlafen!
Ich wünsch mir nur eines, aber das wünsch ich sehr:
ich möcht mal allein sein – dann fragt ich nicht mehr:
Wem gehört denn – wem gehört denn – wem gehört denn das Bein!
Lieben: ja.
Aber schlafen? Allein…!

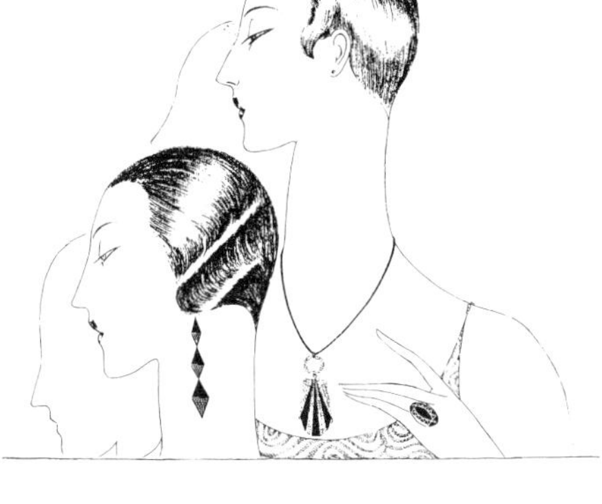
Die Dame, Berlin

Der Sucher

Bernhard Eichhorn

A♭maj7 A♭7 G7
Denk im-mer dran!
Cm H
Krie-che ihm nach.
8va
p
E♭7/B♭ Am7/5- A♭ E♭/G G♭o Fm7 E7
L'eck auf sei-ne Spur! Sei nicht schwach, denk im-mer nur: Ver-
f
E♭ E7 E♭ B♭7/F E♭ E7
die-nen! Ver-die-nen! Ver-die-nen! Ver-

E♭ E7 E♭ B♭7/F E♭ G/H
die - nen! Ver - die - nen! Ver - die - nen! Ernst ist die
mf
A♭/C B♭/D A♭/C G/H G7/5+ C
Spe - ku - la - tion! A - ber lie - ben, a - ber
p
G13 G7 1. 2. C6 C G7/5+ D♭m11+/7+
lie - ben, a - ber lie - ben mußt du es schon.
mf
3. C6 C (gesprochen) G7/5+ Cm
Ja, ein Le-ben war das nicht.
p

Such – auch
suche immer den Erfolg.
Dann kommt er an.
Pfeif – pfeif –
pfeife auf das ganze Volk!
Tritt auf den Vordermann!
Schmeichle der Macht!
Sag immer ja.
Bei Tag und bei Nacht
Halleluja – Hurra!
Nach oben! Nach oben! Nach oben!
Nach oben! Nach oben! Nach oben!
Geld winkt dir als Lohn.
Aber lieben – aber lieben –
aber lieben mußt du es schon.

Such – such
suche immer nach dem Glück.
Dann kommt es – wenn es will.
Dein Herz
ist ein Serienstück;
einmal steht es still.
Wenn du dich dann
nach dem goldnen Tanz
präsentierst
zur großen Bilanz:
„Ich hoffe, man wird mich hier loben!
Da unten lag ich immer oben!"
Kann sein, daß DIE STIMME spricht:
Mensch, dein Leben –
Mensch, dein Leben –
Ja, ein Leben war das nicht.

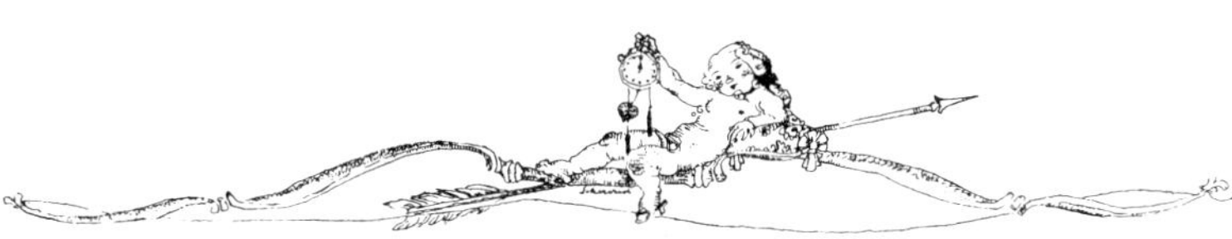

Die Tagung

Bernhard Eichhorn

Dm F
bei; ge – hab dich wohl, paß gut auf, auf die
C7 F C7
Kin – der, pack mir die Stul – len ein und auch ein
F A7 Dm B♭m C
Ei… Heut fahr ich los, um neun Uhr, im Ex –
F A7 E° D Hm/A A7
preß… heut ist Kon – greß!
8va

1.-5.
6.
Dm Gm A7
Dm/A A7
2. Vom
6. Im Saal ein Nik-ker-chen... Die
Dm/A A7 Dm/A A7
Uhr ist vie-re... Der Red-ner liest und liest und
Dm/A A7 D A7
re-det seins... Dann sit-zen wir in Rei-hen
D A7 Hm A D Em7 D A7 D
froh beim Bie-re und trin-ken, trin-ken im-mer noch eins! Denn,

Hm G A D F♯7
Mut – ter, schon die ol – len Ger – ma – nen ver –
Hm G A D F♯7
sam – mel – ten sich mit al – len Schi – ka – nen
Hm F♯m Hm
rechts vom Rhein und links vom Rhein: Deut – sche Ar – beit will be –
F♯ D/F♯ Em7 E7 A
re – det sein. Weil sel – be im – mer nur ge – deiht im

D/F♯ Em7 E7 A C7
Treib-haus uns-rer Wich-tig-keit! Leb
f
F B♭m C F A7
wohl! Da pfeift schon der Ex-preß…! Heut ist Kon-
Dm Gm7 A7 D Hm A7 A7/9-
greß!
ff
Dm Gm7 A7 Dm D
Heut ist Kon-greß!
sfz

Vom Reichsverband sind die Kollegen
schon alle in die ferne Stadt geeilt.
Man wird uns dort brillant verpflegen,
weil ein Minister bei uns weilt.
Die Hoteliers sind froh. Sie wissen es:
heut ist Kongreß.

Zu ernster Arbeit sind wir dort versammelt.
Der Herr Minister spricht – das ist der Clou
(da ist der Saal noch voll, voll wie gerammelt) –
er sagt uns seine Unterstützung zu ...
Das ist ein großes Wort. Ein amtliches –
heut ist Kongreß.

Dann wird man viele schönen Reden hören.
Jedweder bittet um des Wortes Gunst.
Da kann uns die Opposition nicht stören –
Abstimmen lassen ist auch eine Kunst.
Die Hände hoch! Und kurz ist der Prozeß ...
heut ist Kongreß.

Wir sprechen von den einfach ungeheuern
Unkosten in Fabrik und in Büro
und von den viel zu hohen Steuern –
„Das, meine Herren, geht nicht weiter so!
Was hier geschieht, ist ein Exzeß!"
Heut ist Kongreß.

Im Saal ein Nickerchen ... die Uhr ist viere ...
Der Redner liest und liest und redet seins ...
Dann sitzen wir in Reihen froh beim Biere
und trinken, trinken immer noch eins.
Denn, Mutter, schon die ollen Germanen
versammelten sich mit allen Schikanen
rechts vom Rhein und links vom Rhein:
Deutsche Arbeit will beredet sein.
Weil selbe immer nur gedeiht
im Treibhaus unserer Wichtigkeit.
Leb wohl! Da pfeift schon der Expreß ...!
Heut ist Kongreß.

Das zweite „Schall und Rauch"
Im November 1919 hatte Max Reinhardt im ehemaligen Zirkus Schumann an der Weidendammer Brücke (dem heutigen Friedrichstadtpalast) mit der „Orestie" des Aischylos sein Großes Schauspielhaus eröffnet. In Verbindung mit der neuen Spielstätte beabsichtigte er, als Neuauflage seines einstigen „Schall und Rauch" (1901/2) ein Kabarett mit literarischen und zeitkritischen Ambitionen zu etablieren. Die Direktion übertrug er dem Schriftsteller Rudolf Kurtz. Das neue „Schall und Rauch" eröffnete am 8. Dezember 1919 im Keller des Großen Schauspielhauses. Im September 1920 übernahm Hans v. Wolzogen, der Sohn des Überbrettl-Gründers, die Leitung. Die Stützen des Unternehmens waren Kurt Tucholsky, Walter Mehring, Klabund, Ringelnatz und Friedrich Hollaender, Paul Graetz, Gussy Holl, Blandine Ebinger, Hubert von Meyerinck und Gustav von Wangenheim, George Grosz und Heartfield. „Schall und Rauch" gab im Frühjahr 1921 seine Ambitionen auf. Die B. Z. am Mittag schreibt im Mai 1923: „Seit Erna Offeney" (die als Tänzerin, Pianistin, Schnellmalerin und Kunstschützin auftrat) „als Gastspieldirektrice hier eingezogen ist und die letzten Erinnerungen an das literarische Kabarett getilgt hat, könnte das Etablissement mit dem gleichen Recht ‚Knall und Rauch' heißen."

Nach: Walter Rösler, „Das Chanson im deutschen Kabarett 1901–1933", Berlin 1980

DKA

DKA

DKA

„Schall und Rauch", Heft 1, Dezember 1919

ENTREE MIT EINER ALTEN JUNGFER

Von THEOBALD TIGER

Du gute, alte, liebe Holzschnittmuse —!
Was? Wir zwei beide roll'n in's Cabaret?
Dreh dir den Dutt! Zieh' an die Seidenbluse!
Umschnür dich mit dem Feiertagscorsé!
Komm' mit, mein Kind! Heut' geh'n wir unter Leute —
Zum ersten Mal — dein Ehrentag ist heute!
Und tanzt mit dir dein lieber, fetter Mann —:

Geh' 'ran!

Und bleib' mir treu! Da sitzt an kleinen Tischen
Das ganz moderne Volk — **du Dunnerkiel!**
Geh' da nicht hin! Du künntest was erwischen,
Was sich nicht ziemet als Gesellschaftsspiel!
Ich tue, was ich kann. Die andern Knaben
Soll'n dich bewundern, doch nicht gerne haben.
Bleib du, trotz Gent und Reichswehroffizier,

Bei mir!

Und tanz! Sie wollen sich bei uns erheitern.
Sieh an, sie hatten so am Tag' zu tun —
Mit ihren Schecks, mit ihren Hilfsarbeitern — —
Nun mögen sie des Abends lacrend ruh'n.
Hilf deinem **THeObALd**, du dickes Mädchen!
Bei j e d e m drunten fehlt ein kleines Rädchen —
Zieh' sie durch den Kakao von A bis Z —

Mach's nett!

Das Tauentzienmädel

Friedrich Hollaender

E♭ E♭/D Cm Cm/B♭ C C7 C7/5+ C
sind mir al – le gänz – lich ei – ner – lei! Ich
8va
Fm C+ Fm C+
zäh – le fünf-zehn Len-ze und bin dicht an der Gren-ze, wo
F F7 B♭7 B♭7/A♭Gm B♭7/F
man noch sagt: „Da ist doch nichts da – bei!“ Ich
E♭ B♭+ E♭ B♭+
bin die klei – ne Kit-ty! Pa – pa sitzt in der Ci-ty, Ma –
mf

E♭
H7
E
H7
ma – chen ist mit drin in dem Kom – plott!
E
C♯m
E
C♯m
Kann ent – wi – schen, ich lie – ge gra – de zwi – schen
p
E♭/B♭
F9/B♭
B♭7
E♭
Gm/D
Cm
B♭o
Un-schulds-en – gel und Ko – kott'!
1.–3. Und ich

B♭7 B♭o B♭7 B♭o B♭7
geh', und ich geh', und ich geh' und pro-bier es mal ein
(Wiederholung als Tanz nach jeder Strophe.)
E♭ A♭m6 E♭ B♭o
biß – chen, ein klei – nes biß – chen; kommt der
B♭7 B♭o B♭7 B♭o B♭7
Mann a – ber dann nä – her ran, wisch ich aus und ru – fe:
G
„Stopp! Fau – ler Kopp! Blon – der Zopp! Küh – ler Kopp!"

C7
Was ich auch noch im
F7
Mun - de füh - re,
B♭7
ich bleib' stets bei der
E♭7
Ou - ver - tü - re!
A♭
Das
F♯o
macht,
E♭
weil ich al - les seh in den
Stra - ßen rings
B♭7
um's K. d.
1.
E♭
W.
B♭o
2.
E♭
W.
fz

Ein Hauptmann fand mich neulich
gewandt und recht erfreulich
und lud mich zu sich in die Wohnung ein.
Ich ging, man muß doch lernen,
ich ging in die internen
Gemächer seiner Löwenhöhle rein.
Die Ampel mit Gefunkel
ließ uns in halbem Dunkel,
so las ich es oft bei Sudermann.
Und er küßte und fragt mich, ob ich wüßte,
wie und wo und was und wann.
Und ich geh', und ich geh', und ich geh'
und probier es mal ein bißchen, ein kleines bißchen;
kommt der Mann aber dann näher ran,
wisch ich aus und rufe:
„Stopp! Fauler Kopp! Blonder Zopp! Kühler Kopp!"
Was ich auch noch im Munde führe,
ich bleib' stets bei der Ouvertüre!
Das macht, weil ich alles seh
in den Straßen rings um's K.d.W.

KTA

Auf allen Bällen tanz ich
mit Herrn, die über zwanzig,
wo Kinder herkomm'n, Gott, wer weiß das nicht!
Da muß ich schon sehr bitten!
Wir sind doch fortgeschritten,
ich weiß sogar schon, wie man keine kriegt.
Ich weiß die tollsten Sachen –
Ich weiß, wie sie es machen.
Ich kenn die Bilder mit den Akten drauf,
steht im Blättchen was von Erzkokottchen,
klär ich meine Mama auf.
Und ich geh', und ich geh', und ich geh'
und probier es mal ein bißchen, ein kleines bißchen;
kommt der Mann aber dann näher ran,
wisch ich aus und rufe:
„Stopp! Fauler Kopp! Blonder Zopp! Kühler Kopp!"
Was ich auch noch im Munde führe,
ich bleib' stets bei der Ouvertüre!
Das macht, weil ich alles seh
in den Straßen rings um's K.d.W.

Gesungen von Ernestine Costa

Tobak

Hans May

C7/F Fm C/F
wo die Li –
Fm Fm7
a – nen steh'n, wo die E – le – fan – ten geh'n, ___
Fm G7 5- G Cm D♭ Cm D♭
___ hat's kein Wei – ßer noch er schaut.
mf
Cm D♭ C B♭m7 Cm D♭6 Cm B♭m7 Cm D♭6
Far – bi – ge Brü – der fan – den einst es

Cm Cm B♭m7 Cm D♭6 Cm B♭m7 Cm D♭6
wie – der, wuß – ten in der Ur – wald-nacht gleich,
Cm B♭m7 Cm D♭6 Cm G Cm G Cm G Cm G
was man da – mit macht! Ah! Ah! Ah! Ah!
Cm tacet
Ah!
crescendo poco a poco
Cm
O du Tu –
f rit. p
8va b

F G7 C7 F
buc – co von Per – nam – bu – co.
a tempo
F6 C7/9sus4
O wie schön, wenn ich so bla – – se,
C C7 F C7 F F7
blau – en Rauch durch mei – ne Na – se. O du Tra –
D7 D11/9- D D7 G7
buc – co, al – les and – re ist mir schnup – po,

F F7 B♭ D♭ F F F7 B♭ D♭
— a – ber was wir rau – chen, a – ber was wir
F F F7 B♭ D♭ F F Gm
schmau – chen, a – ber was wir brau – chen, ist To –
F B♭ F Dm C Dm C Dm C Dm C Dm
bak-bak-bak-bak - bak-bak-bak-bak - bak, bak-bak
f
C 1.–2. Fm 3 F
bak To – bak. bak.
f

Da in Mexiko
rauchte jeder frisch und froh.
Und nun raucht die ganze Welt.
Selbst die Uckermark
ist heut' an Importen stark,
doch keen Mensch weiß, was sie enthält.
Tobak hat verholfen
zu Löser und zu Wolfen,
selbst der Quartaner mit Genuß,
raucht, bis er plötzlich muß...
Ah! Ah! Ah! Ah! Ah!
O, du Tubucco
von Pernambuco!
Mancher raucht nur eine Sorte,
nämlich immer nur geschnorrte!
O du Trabucco,
alles andere ist mir schnuppo,
aber was wir rauchen,
aber was wir schmauchen,
aber was wir brauchen,
ist Tobak.

Wird in der Liebesnacht
ein kleines Feuer angemacht,
siehst du nur zwei Pünktchen glüh'n.
Dein süß Dingelchen
bläst aus Rauch die Ringelchen,
und bunte Herzenswünsche zieh'n.
Es raucht die Amazone
mit Mundstück und mit ohne,
und schlaft ihr beide müd und heiß,
dann summt ihr still und leis:
Ah! Ah! Ah! Ah! Ah!
O, du Tubucco
von Pernambuco!
Süß bekleidet ist Rinette
nur mit einer Zigarette.
O du Trabucco,
alles andere ist mir schnuppo,
aber was wir rauchen,
aber was wir schmauchen,
aber was wir brauchen,
ist Tobak.

Die Dame, Berlin

KTA

Gussy Holl

Hier lasse ich als Rezensent die geforderte Objektivität völlig vermissen. Ich bin verliebt (darf es, weil ich ein Pseudonym bin), der zitternde Kohinoor entgleitet der Hand, ich liebe alles an ihr: ihr Kleid, ihre dünnen Arme, das Fräulein Holl und die Gussy ...
Das ist eine! Chansons singt sie, geschickt, intelligent, klug, geschmackvoll – aber das können schließlich andre auch. Da muß ich nun also rühmen, daß sie (vergleichsweise gesprochen) wie ein Zerrspiegel ist im benachbarten Panoptikum: gewiß sehen die karikierten Opfer nicht so aus, aber etwas ist immer schon daran, und entgehen kann keiner. Sie ist der Spiegel... Abgesehen von meiner Verliebtheit: sie ist wirklich so. Und ihr werdet mir doch die Freude nicht verübeln, mich, wie in meinen Kindertagen, in die ‚Schauspielerin' zu verlieben: nicht in eine Frau – denn ist es auszudenken, daß sie einen je küßte? – sondern in ein Zauberwesen, das nicht ißt, nicht schläft, nicht lebt, sondern das nur singt, Kußhände wirft und vom lieben Gott eigens dazu geschaffen ist, uns armen jungen Leuten Trost einzuflößen, den wir durch unsre Familie wohl verdient haben.

Peter Panter in *Die Schaubühne* am 3. Juli 1913

GW I 71 f

. . . und in Japan ist alles so klein!

(Chanson)

Aus dem Ungarischen

Gustav Zelibor

Gesungen von Gussy Holl

B♭ Gm B♭
Zier - lich die Häu - ser und zier - lich der Strand,
E/G♯ C7/G Fmaj7 F6 F/C F
zier - lich die Li - li - put - da - men.
Bäu - me so
F6 Fmaj7 F6 C7/E
groß wie Ra - dies - chen im Mai.
Turm der Pa -
D/F♯ C7/G C7 B♭
go - de so hoch wie ein Ei,
Hü - gel und Berg

Gm B♭ H° A/C♯ A/E
klein wie ein Zwerg. Trip-peln die zar-ten Ge-stal-ten im
pp
A D♭/A♭ D♭maj7 D♭6 D♭
Moos, fragt man sich: Was mag das sein?
B♭m Gm7/5- F/A
In Eu-ro-pa ist al-les so groß, so
p
C (ohne E) Dm (ohne F) C (ohne E) Am (ohne C) F6
groß, und in Ja-pan ist al-les so klein!
pp

Da sitzt die Geisha. Ihr Haar glänzt wie Lack.
Leise duftet die Rose.
Vor ihr steht plaudernd im strahlenden Tag
kräftig der junge Matrose.
Und er erzählt diesem seidenen Kind
davon, wie groß seine Landsleute sind.
Straße und Saal
pyramidal.
Sieh, und die Kleine wundert sich bloß –
denkt sich: Wie mag das wohl sein?
In Europa ist alles so groß, so groß –
und in Japan ist alles so klein!

Da ist ein Wald – ein ganz kleiner Wald –
abendlich dämmern die Stunden.
Horch! wie das Vogelgezwitscher verhallt...
Geisha und er sind verschwunden.
Abendland – Morgenland – Mund an Mund –
welch ein natürlicher Völkerschaftsbund!
Tauber, der girrt,
Schwalbe, die flirrt.
Und eine Geisha streichelt das Moos,
in den Augen ein Flämmchen, ein Schein...
In Europa ist alles so groß, so groß –
und in Japan ist alles so klein.

Gesungen von Gussy Holl alternierend mit Mady Christians im „Schall und Rauch", Berlin, von Gisela May (Komposition von Peter Fischer / Henry Krtschil), von Hildegard Knef (Komposition von Bert Grund).

Was ist im Innern einer Zwiebel –?

Olaf Bienert

F Eb F
1. Bb6 Gm7 C(m)11 F7 Bb Bass (A)
1. sei - ner Kuh zum Bul - len, mit sei - ner Kuh.
2. ei - nen run - den
(G) (F)
2. Bb6 Gm7 Cm7 F7 Bb Bass (A)
2. Nun Fla - den, das Kälb-chen von der Kuh.
(G) (F) Bb
3. Nun wächst aus die-sem Fla - den auf der Ak - ker -
Eb6 F Eb6 F Eb F
kru - me wohl bald die schön - ste ro - te Bau-ern -

B♭ F7 B♭ Cm7 F7
blu – me aus dem Fla – den von dem Kälb-chen von der
B♭ Bass (A) (G) (F) B♭
Kuh. 4. Nun hüpft wohl bald ein Stu – ben –
E♭6 F E♭6
mäd-chen in dem Gra – se, pflückt ei – nen Strauß für ihr Ho – tel und
F E♭ F B♭ F7
stellt in ei – ne Va – se die Blu – men aus dem

B♭ Cm7 F7 B♭ B♭/A♭ G° F♯
Fla-den von dem Kälb-chen von der Kuh. 5. In
H
5. die - sem so ge-schmück - ten Raum, denn sieh, er hat ihn ja
6. hier emp - fängt sie ei - nen an - fangs an - o - ny - men
E6 F♯ E6 F♯ E F♯
5. vor - be-stellt, liegt froh der heit'-re Hoch-zeits - rei - sen - de bei sei - ner
6. Kna - ben, sie trägt ihn aus, ge - bärt. er ist von gro-ßen
1. H F♯7 H F♯7
5. Gat - tin in Zim-mer acht-und-zwan-zig mit den Blu-men aus dem

H C#m7 F#7 H Bass (A#) (G#) (F#)
5. Fla - den von dem Kälb - chen von der Kuh. 6. Und
2.
H F#7 H F#7
6. Ga - ben von den Hoch-zeits - rei - sen - den aus Zim - mer acht - und -
H F#7 H
zwan - zig mit den Blu - men aus dem Fla - den von dem
C#m7 F#7 H H7 Dm7 G
Kälb - chen von der Kuh. 7. Der

C
F6
7. Kna - be reift her - an, erbt ei - nen gan - zen Bat - zen und
8. schneuzt sich breit sein er - ster Vor - ar - bei - ter,
G
F6
G
F
G
7. grün - det sich ein E - ta - blis - se - ment für Bett - Ma -
8. wischt sich den Bart und pin - selt flö - tend
C
G
G7
C
7. trat - zen, der Sohn der Hoch - zeits - rei - sen - den aus
8. wei - ter in der Fa - brik des Soh - nes der
G
G7
C
G
G7
C
7. Zim - mer acht - und - zwan - zig mit den Blu - men aus dem Fla - den von dem
8. Hoch - zeits - rei - sen - den aus Zim - mer acht - und - zwan - zig mit den

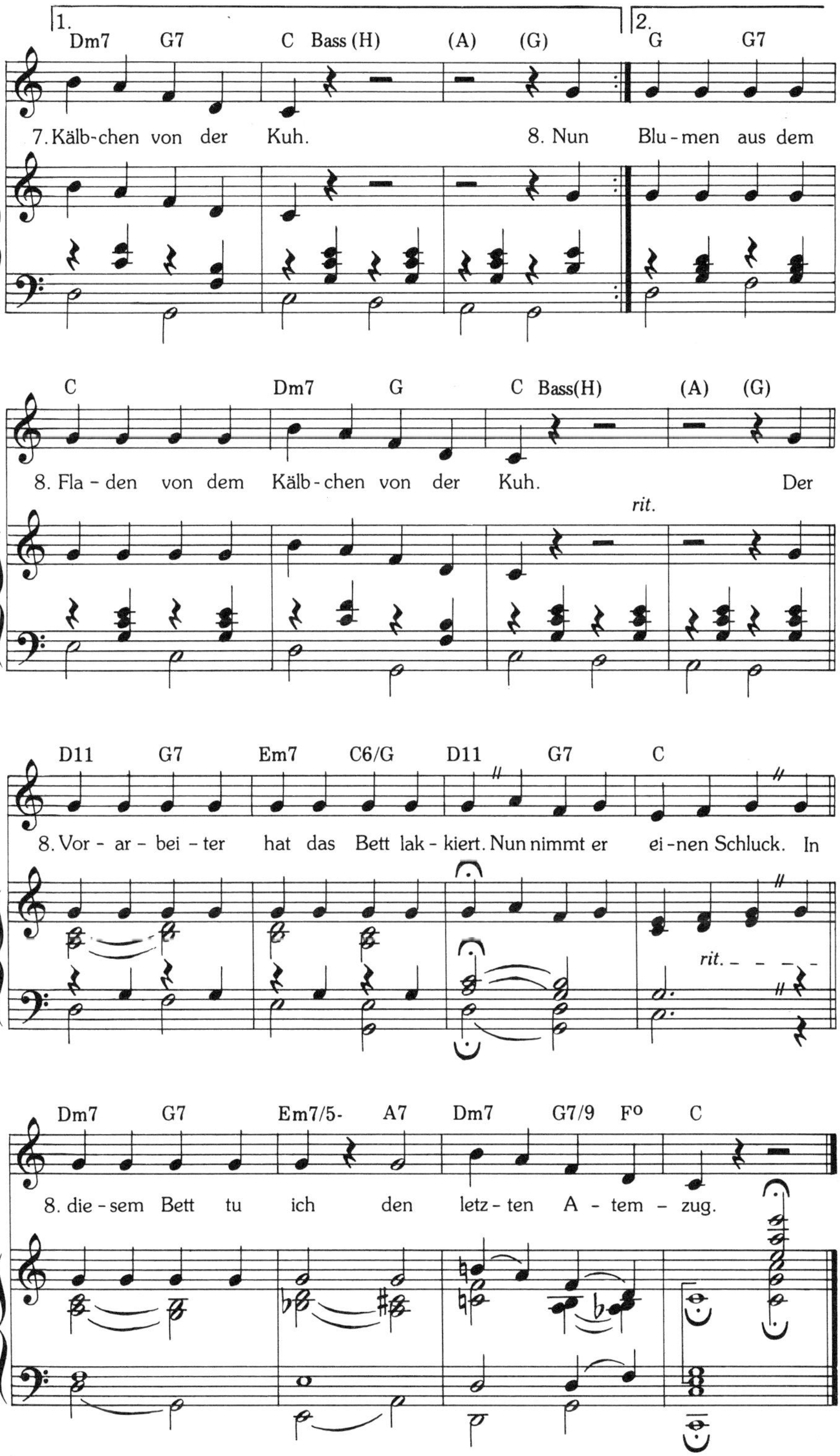
1.
Dm7 G7 C Bass (H) (A) (G)
2.
G G7
7. Kälb-chen von der Kuh.
8. Nun Blu-men aus dem
C Dm7 G C Bass(H) (A) (G)
8. Fla-den von dem Kälb-chen von der Kuh.
Der
rit.
D11 G7 Em7 C6/G D11 G7 C
8. Vor-ar-bei-ter hat das Bett lak-kiert. Nun nimmt er ei-nen Schluck. In
rit.
Dm7 G7 Em7/5- A7 Dm7 G7/9 F° C
8. die-sem Bett tu ich den letz-ten A-tem-zug.

Nun nimmt wohl bald der Bauer Geld aus der Schatullen
und macht sich auf mit seiner Kuh zum Bullen –
mit seiner Kuh.

Nun wirft wohl diese Kuh ein Kälbchen sonder Schaden,
und dieses Kälbchen legt dort einen runden Fladen –
das Kälbchen
von der Kuh.

Nun wächst aus diesem Fladen auf der Ackerkrume
wohl bald die schönste rote Bauernblume –
aus dem Fladen
von dem Kälbchen
von der Kuh.

Nun hüpft wohl bald ein Stubenmädchen in dem Grase,
pflückt einen Strauß für ihr Hotel und stellt in eine Vase
die Blumen
aus dem Fladen
von dem Kälbchen
von der Kuh.

In diesem so geschmückten Raum – denn sieh, er hat ihn
ja vorbestellt – liegt froh der heitere Hochzeitsreisende bei seiner Gattin –
in Zimmer 28
mit den Blumen
aus dem Fladen
von dem Kälbchen
von der Kuh.

Und hier empfängt sie einen anfangs anonymen Knaben,
sie trägt ihn aus, gebärt – er ist von großen Gaben –
von den Hochzeitsreisenden
aus Zimmer 28
mit den Blumen
aus dem Fladen
von dem Kälbchen
von der Kuh.

Der Knabe reift heran, erbt einen ganzen Batzen
und gründet sich ein Etablissement für Bett-Matratzen –
der Sohn
der Hochzeitsreisenden
aus Zimmer 28
mit den Blumen
aus dem Fladen
von dem Kälbchen
von der Kuh.

Nun schneuzt sich breit sein erster Vorarbeiter,
wischt sich den Bart und pinselt flötend weiter –
in der Fabrik
des Sohnes
der Hochzeitsreisenden
aus Zimmer 28
mit den Blumen
aus dem Fladen
von dem Kälbchen
von der Kuh.

Der Vorarbeiter hat das Bett lackiert. Nun nimmt er einen Schluck.
In diesem Bett tu ich den letzten Atemzug.

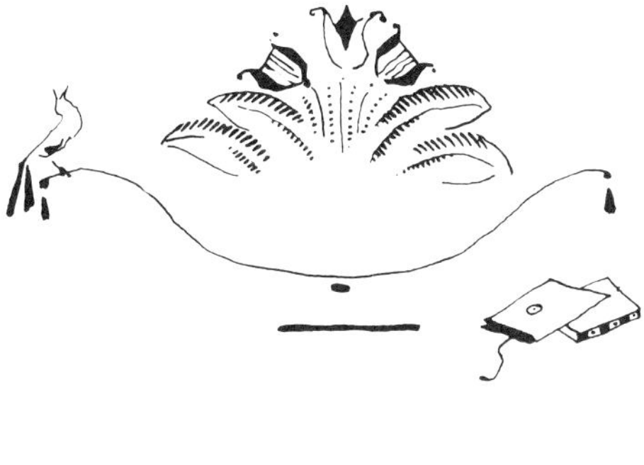

Busch brauchte ein neues Lied für das Kabarett. „Und ich hatte das ,Anna-Luise'-Lied von Tucholsky gehört. Eine Frau sang damals eine ziemlich triste Melodie. Ich war der Meinung, das ist kein Lied für eine Frau, das muß ein Mann singen. Ich gehe also mit dem Text zu Eisler und bitte ihn um eine neue Melodie. ,Nein, das mache ich nicht! Ich mache nur seriöse Sachen.' Er war nämlich ein wenig böse auf Tucholsky, weil der einen Streit mit Brecht hatte. Aber ich brauchte unbedingt ein neues Lied und legte ihm 50 Mark auf den Tisch. ,Wie willst du's denn haben?' Ich sprach ihm vor, und da saß er schon am Klavier und spielte weiter. Ich blieb natürlich dabei, und plötzlich bei der letzten Strophe schoß es mir durch den Kopf: jetzt muß das ,Seemannslos' kommen. In dem ursprünglichen Text von Tucholsky gab's das nicht. Aber der hat es dann später auch übernommen (Tucholsky billigte Buschs Eingriffe in seine Texte mit der Bemerkung: ,Wenn Sie glauben, lieber Busch, daß es besser ist – meinen Segen haben Sie.'). Während Eisler am Klavier spielte, improvisierte ich immer mit. Auf diese Weise war das Lied in kaum zehn Minuten fertig. Dann schrieb Eisler auf das Notenblatt: Für Ernst Busch und von Ernst Busch. Das haben wir für Werner Fincks ,Katakombe' gemacht. Ich hatte beim Singen einen Zylinder auf und einen Stock in der Hand."

Aus: Karl Siebig, „Ich geh' mit dem Jahrhundert mit", Reinbek 1980

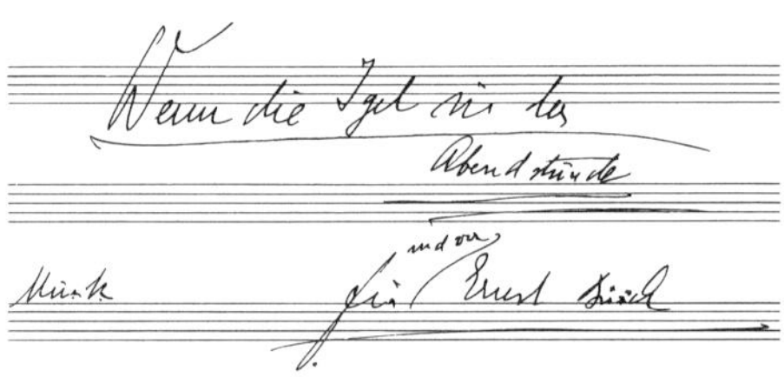

DKA

Originalmanuskript von Hanns Eisler

DKA

Wenn die Igel in der Abendstunde

(Anna-Luise)

Für achtstimmigen Männerchor

Hanns Eisler

G♭ D♭7 G♭ G♭7 D♭7
hing auch ich ver – zückt an dei – nem Mun - de,
G♭ C♭maj7 C♭ D♭7
und es war um mich ge – schehn.
C♭6 A♭m D♭7 G♭
Dein Pa – pa ist kühn und Ge – o – me – ter,
C♭6 A♭m D♭7 G♭
er hat zwei Ka – na – ri – en – vö – ge – lein;

A♭m6/C♭ G♭/D♭ E♭m
auf den Sonn – a – bend a – ber geht er
A♭7 D♭7 E♭7/9 – G
gern zum Pils – ner in'n Ge – sang – ver – ein. An –
A♭m A♭m7 A♭7 D♭11 D♭7
na – Lu – i – se, An – na – Lu – i – se!
G♭ D♭7 G♭ G♭7 D♭7
4. Möch – test nie wo an – ders – hin du stri – chen!

G♭ C♭maj7 C♭ D♭7 G♭
Siehst du dort die er-sten Ster-ne gehn? Ha-be Dank für
D♭7 G♭ G♭7 D♭7 G♭7 Cmaj7 C♭
al-le un-ver-ges-ser-li-chen Stun-den und auf Wie-der-
D♭7 D♭ sehr breit G♭ C♭
sehn! Denn der schön-ste Platz, der hier auf Er-den
G♭ D♭7 G♭
mein, das ist mein Hei-del-berg in Wien am

D♭ B♭
Rhein, Seemanns - los. Seemanns-
los.
G♭ D♭7 G♭
Kei - ne, die wie du die Flö - te
D♭7 G♭ C♭maj7 C♭ D♭7 E♭7/9-/G
blie - se…! Le - be, le - be, le - be wohl! An -
A♭m A♭m7 A♭7 G♭/D G♭m D♭ D♭ G♭
- na - Lu - i - se! An - na - Lu - i i i i i - se!
Fine

Sagt' ich: „Wirst die meine du in Bälde?",
blicktest du voll süßer Träumerei
auf das grüne Vandervelde,
und du dachtest dir dein Teil dabei,
Anna-Luise –!

Und du gabst dich mir im Unterholze
einmal hin und einmal her,
und du fragtest mich mit deutschem Stolze,
ob ich auch im Krieg gewesen wär...
Anna-Luise –!

Ach, ich habe dich ja so belogen!
Hab gesagt, mir wär ein Kreuz von Eisen wert,
als Gefreiter wär ich ausgezogen,
und als Hauptmann wär ich heimgekehrt –
Anna-Luise –!

Als wir standen bei der Eberesche,
wo der Kronprinz einst gepflanzet hat,
raschelte ganz leise deine Wäsche,
und du strichst dir deine Röcke glatt,
Anna-Luise –!

Möchtest nie wo andershin du strichen!
Siehst du dort die ersten Sterne gehn?
Habe Dank für alle unvergesserlichen
Stunden und auf Wiedersehn!
Anna-Luise –!

Denn der schönste Platz, der hier auf Erden mein,
das ist Heidelberg in Wien am Rhein,
Seemannslos.
Keine, die wie du die Flöte bliese...!
Lebe wohl! Leb wohl.
Anna-Luise –!

Zuerst vertont von Rudolf Nelson
Gesungen von Anni Mewes im
„Schall und Rauch"

Ernst Busch in der Katakombe,
Berlin 1930,
beim Vortrag von
„Wenn die Igel in
der Abendstunde“

Zeichnung Emil Stumpp

DKA

Wenn eena jeborn wird

Allemal für Paulchen

Rolf Alexander Wilhelm

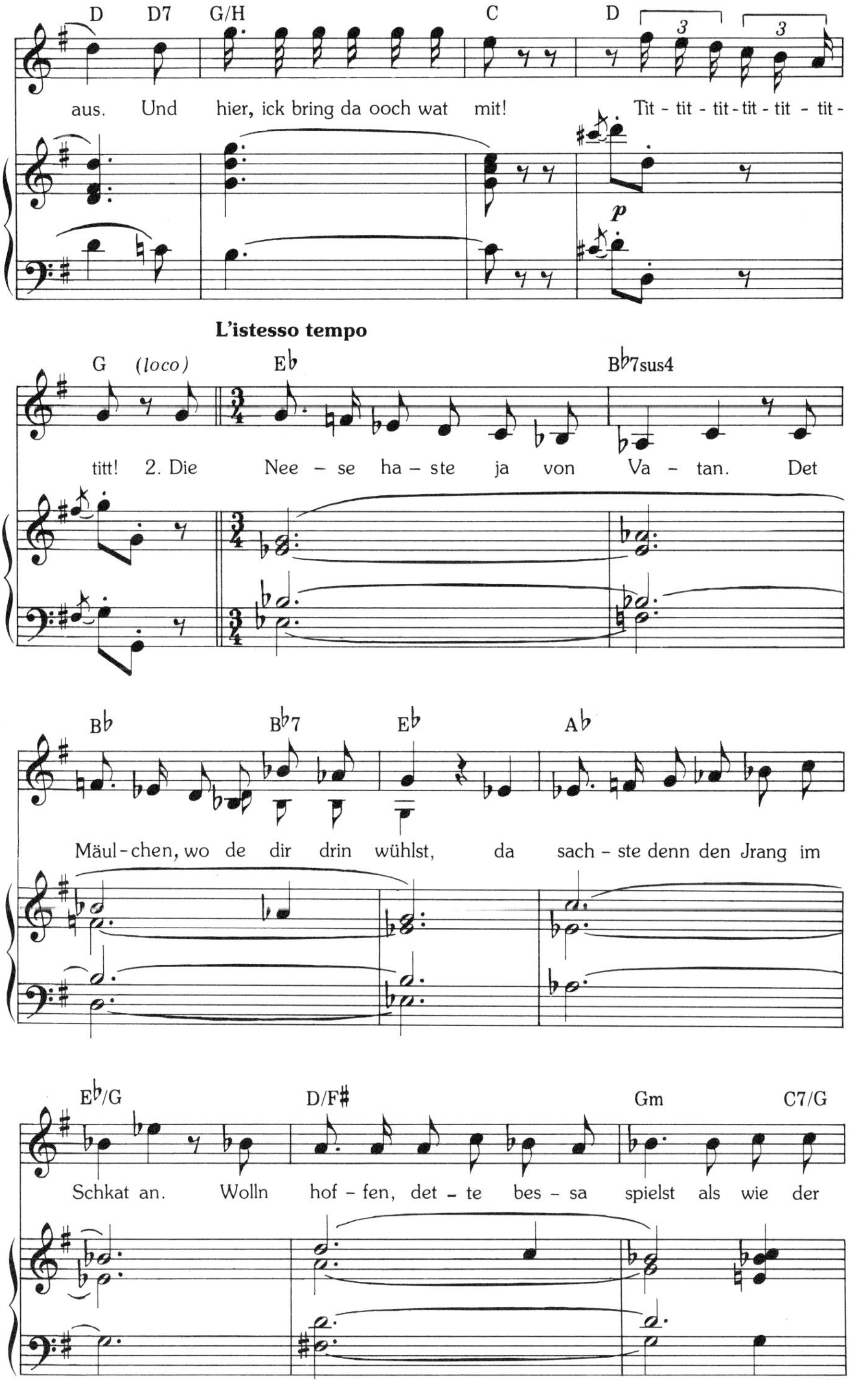
D D7 G/H C D
aus. Und hier, ick bring da ooch wat mit! Tit - tit - tit - tit - tit - tit -
p
L'istesso tempo
G (loco) E♭ B♭7sus4
titt! 2. Die Nee – se ha – ste ja von Va – tan. Det
B♭ B♭7 E♭ A♭
Mäul - chen, wo de dir drin wühlst, da sach - ste denn den Jrang im
E♭/G D/F♯ Gm C7/G
Schkat an. Wolln hof - fen, det – te bes - sa spielst als wie der

B♭/F F/E♭ B♭/F
Ol – le, dein Pa – pa! Al – al – al – al – al – al –
G♭ D♭7 sus4
la! 3. Un seh mah! Hast ja rich – tich Haa – re! Die
D♭/F G♭+ G♭7/5+
hat dir Mut – ta mit – je – jehm. Du, Mensch, det is ne wun-der –
B♭/F F/E♭ B♭/D Gm7
ba – re un lie – be Frau, nur et – was un – be – quem. Dein

Cm
F7/9
D7/F♯
Ol – la, der macht vor ihr Kusch…
Pusch-pusch-pusch-pusch-
D7/9
G
Am/G
pusch!
4. Sieht man dir durch de Nee-se schnauhm un
D7/G
G
wie du mit die Been-chen tanzt:
denn soll – te man det
D/A
A7
D
jah- nich jlauhm, wie je – mei – ne du mal wer-den kannst. Wa?
5. Ach,

E/D Am/D E/D
Men- schenskind, ick wer da sahrn: Schlach du nach Va - tan! Hör ma
Am/D D7 G
an! Du kannst ja ooch nach an - dre schlahrn.. Na, wir - ste
p
C/E E° Hm D° A/C♯ Am7
denn als jun - ga Mann je - nau so doof wie On - kel
D7
Fritz? Ziz - - ziz - ziz - ziz - ziz - ziz - zizz? 6. Da

G
D7/G
liech - ste nu in dei - ne Wie - je un fängst noch mah von vor - ne
G
C
G/H
an. Na, Mensch, ob ick mah Kin - da krie - je? Man
Am7
D11 D7
C6/G
jloobt ja im - ma wie - da dran. Du machst dir nu die Win - deln voll und
Gmaj7
C/G
weeßt nich, wat det hei - ßen soll, wenn ee - na dir mit Pu - da fecht, dir

G/H
C
G/D
D♯o
ab-wischt un dir trok-ken lecht... Denn loof-ste rum, klug o-da dumm.. Un
A7/9
Marschtempo
Em
3
G/D
Cm7/5-
machst den jan-zen Le-bens-skan-dal al-les noch-mal,
p cresc.
B♭
D7/5-
G
A♭maj7
G
al-les noch-mal!
f

Wenn eena dot is

Für Paul Graetz

Henry Krtschil

1. 2.
3.
D7/9-sus4 D+ Gm(9) Gm(9)
Sticks - ken mit. 4. Leer is de mehr. 6. Wenn ee-na
D7sus4 Gm(9) E♭maj7
dot is, brummts in dir: Nu is a wech. Wat soll ickn – denn noch
pp
Gm/D G
hier? Man keene Bange, ne klee-ne Sseit, denn is so –
(Gesprochen:)
det denkste nämlich jahnich lange;
mf
Cm Cm9 Cm Gm D9-sus4 D7sus4 Gm(9)
weit: Denn lebst du wie-da wie nach No – ten!
(Gesprochen:)
Keener wandert
schneller wie die Toten.
ff

Der Rest is Quatsch.
Der Pfaffe, schwarz wien Rabe,
un det Jemache an den offnen Jrabe...
Die Kränze...! Schade um det Jeld.
Und denn die Reden – hach du liebe Welt –!

Da helfen keine hümmlische Jewalten:
die Rede muß der Dümmste halten.
Un der bepredicht sich die schwarze Weste
un hält sich an Zylinder feste.
Wat macht der kleene Mann, wenn eena sanft vablich?
Er is nich hülflos – er ist feialich.

Leer is de Wohnung. Trauer, die macht dumm.
Denn kram se so in seine Sachen rum.
Der Tod bestärkt die edelsten Jefühle,
un denn jibs Krach, von wejn die Lederstühle.

Der Zeitvesuv speit seine Lava.
Denn sacht mal eena: „Ja, wie der noch da wah –!"
Denn ween se noch 'n bisken hinterher,
und denn, denn wissen se jahnischt mehr.

Wenn eena dot is, brummts in dir:
Nu is a wech. Wat soll ickn denn noch hier?
Man keene Bange,
det denkste nämlich jahnich lange;
ne kleine Sseit,
denn is soweit:
Denn lebst du wieda wie nach Noten!

Keener wandert schneller wie die Toten.

Paul Graetz

DKA

DKA

Frankfurt hat zwei große Männer hervorgebracht: Goethe und Gussy Holl . . . Sie ist kein Kind des Volkes, es ist nicht seine elementare Kraft, mit der sie fortreißt. Es ist Kunst, aber eine von der stärksten und sieghaftesten Sorte. Sie kann alles: hassen und lieben, streicheln und schlagen, singen und sprechen, – da ist kein Ton, der nicht auf ihrer Leier wäre. Sie kann machen, daß aller Herzen denselben Takt schlagen, – sie singt irgendeine kleine Dummheit, und die Leute bekommen weiche Augen –, sie lacht, und eine unbändige Heiterkeit breitet sich aus. Ich sehe hier ganz ab von ihrer fabelhaften Kunst des Parodierens, von ihrer Fähigkeit, auch die gewagtesten Dinge mit einem graziösen Sprung zu überflitzen . . .

Kurt Tucholsky, 1919

GW I 414

Gussy Holl
in einer Parodie

Komische Oper Premiere Sonnabend, d. 8. Septbr. (7 1/2 Uhr)

James Klein's Revue- und Sensations-Stück (in 42 zusammenhängenden Bildern):

Donnerwetter – 1000 Frauen!

Die grosse Revue der „Freien Liebe" – Hunderte Mitwirkende! – Sensation auf Sensation – Hauptdarsteller: Hans Albers – Paul Westermeier Vicky Werkmeister – Christl Storm – Ruth Arden Magda Wolten – Else Reval – Lotte Dobtschinsky – Grete Weiser – Gerda Berndt Schollwer – Bob Schöngart – Max Tobien Karl Martell – Hans Bergmann – Max Falk u. a.

Der Sensationstrick: 1000 nackte Frauen!

Unter Anderem:

Alle Brücken der Welt
(New Yorks kommende Revue-Sensation)
Alles in Flieder! Alles in Rosen!
Auf der Frauen-Liebesinsel!

Die lebenden Hängematten
Die Riesen-Wasserrutschbahn (im natürlichen Wasser)
Schiffskatastrophe in den Eisbergern
Der Liebestraum im Harem

Vorverkauf ab 10 Uhr an der Theaterkasse ununterbrochen geöffnet.

DKA

Zieh Dich aus, Petronella! . . .

Friedrich Hollaender

E7 A
ei - gen Ding, das Herz, das un - ten puk - kert! Es
G D A7
at - met klamm das Pu - bli - kum, es gäb was drum, es
D E7 A
gäb was drum, er - hö - re nur sein Fle - hen: das
Hm B♭o Hm A/E E7 A
Pu - bli - kum will se - hen. Zieh Dich
sfz
sfz
8va

D A D
aus Pe – tro – nel – la, zieh Dich aus! Denn Du
A D A7
darfst nicht en – nu – yant sein, und nur so wirst Du be –
D G
kannt sein; und es ju – belt vol – ler Lust das gan – ze
D G♯o A D
Haus: „Zieh Dich aus, Pe – tro – nel – la, zieh Dich aus!“
sfz

Nicht bei Lulu nur oder Wedekind
ist der Platz für Deine Reize;
denn je nackter Deine Schultern sind,
je mehr sagt man: „Det kleid se!"
Als Iphigenie trägst Du nur
'ne Armbanduhr, 'ne Armbanduhr,
ich seh den weißen Nacken,
wie schön sind Deine Backen!
Zieh Dich aus, Petronella, zieh Dich aus! –
Denn Du darfst nicht ennuyant sein,
so wirst Du bekannt sein;
und es jubelt voller Lust das ganze Haus:
„Zieh Dich aus, Petronella, zieh Dich aus!" –

Und begleitet Dich nach Dein Souper
Dein Amant in Deine Wohnung,
hüllt er Dich ein bei Eis und Schnee
in Nerz mit zarter Schonung.
Stehst Du vor ihm so bloß und blaß
mit ohne was, mit ohne was,
spricht er zu Dir, Cokettchen,
vor Deinem weißen Bettchen:
Zieh Dich aus, Petronella, zieh Dich aus! –
Denn Du wirst ja darin flink sein,
und es kann bloß Dein Ring sein!
Und ich klatsch auf Deinen Rücken den Applaus:
„Zieh Dich aus, Petronella, zieh Dich aus!" –

Friedrich Hollaender

DKA

Aus: Kurt Tucholsky / John Heartfield,
„Deutschland, Deutschland über alles“

Die Komponisten

Juriaan Andriessen

Geb. 15. 11. 1925 Haarlem (Niederlande)

Schüler seines Vaters Hendrik A. und W. van Waterloos am Konservatorium in Utrecht, wurde 1957 Hauskomponist der „Haagse Comedie". Schrieb Opern, Symphonien, Stücke für Klavier, Orchester und Instrumentalgruppen und vertonte zahlreiche Gedichte der flämischen, amerikanischen, englischen und deutschen Literatur.

Olaf Bienert

Geb. 13. 9. 1910 Gleiwitz; gest. 23. 9. 1967 Berlin

Studium der Kirchenmusik und Kompositionslehre in Gleiwitz, Breslau und Berlin. 1931 Mitglied des Kabaretts „Schwarz-Weiß", Berlin, und bei der „Gruppe Junger Schauspieler", aus denen – mit Bienert – 1932 das Kabarett „Pille" entstand. Ab 1948 mit Günter Neumann an zwei Flügeln beim Kabarett „Die Insulaner", Berlin. Komponierte Suiten und Stücke für Klavier und Orchester; deutsche Musicaladaptionen; Filmmusiken. 1945 bis 1967 Vertonungen von rd. 1300 Chansons für kabarettistische Rundfunk- und Fernsehsendungen, darunter etwa 25 von Kurt Tucholsky.

Conny Dähn

Geb. 1900; gest. 1972

Trat vor allem als Begleiter verschiedener Chansonsängerinnen hervor, z. B. von Olga Rinnebach, Kate Kühl, Trude Hesterberg, Anita Sander, Dora Dorette, Ethel Reschke, Brigitte Mira. 1958 gründete er mit Willi Schaeffers das Kabarett „Tingeltangel" in Berlin. 1960 bis 1970 Leiter des Fachs „Musical und Chanson" an der Max-Reinhardt-Schule, Berlin.

Bernhard Eichhorn

Geb. 17. 4. 1904 Schortewitz (Anhalt); gest. 6. 2. 1980 München

Studierte in München und an der Akademie der Tonkunst, war 1934 bis 1944 Musikdirektor am Staatstheater Dresden und 1945 bis 1947 Kapellmeister an den Städtischen Bühnen München. Seitdem freischaffend als Komponist für Film, Rundfunk, Fernsehen und Bühne. Er schrieb die Musik zu den Filmen „In jenen Tagen" (1947), „Der Apfel ist ab" (1948), „Hauptmann von Köpenick" (1956), „Schinderhannes" (1958). 1947/48 Kompositionen für das Kabarett „Schaubude", München, sowie Vertonungen verschiedener Gedichte von Erich Kästner und Kurt Tucholsky.

Erich Einegg (eigtl. Wulff Wyneken)

Geb. 5. 9. 1898; gest. 1950

Komponist, Pianist und Texter satirischer Revuen, Kurzszenen und Chansons. Er gründete 1928 mit Rosa Valetti das Kabarett „Larifari" in Berlin, arbeitete 1932/33 für Valeska Gerts Berliner Kabarett „Kohlkopp" und nach 1945 für kabarettistische Rundfunksendungen.

Hanns Eisler

Geb. 6. 7. 1898 Leipzig; gest. 6. 9. 1969 Berlin

Studierte 1919–1923 bei Arnold Schönberg. Ab 1927 für die Ziele der Arbeiterbewegung in erster Linie in den vokalen und angewandten Gattungen der Musik wirksam. In Zusammenarbeit mit Erich Weinert, Bertolt Brecht und Ernst Busch schuf er Lieder, Balladen und Chöre, mit denen er einen neuen Stil des deutschen revolutionären Arbeiterliedes begründete. Daneben entstanden Kantaten, Orchester- und Kammermusik und Kompositionen für Bühne und Film. 1933 ging Eisler ins Exil (Wien, Holland, Belgien, Paris, Dänemark). 1937 komponierte er in Spanien für die Internationalen Brigaden. Seit 1938 in den USA. 1950 Rückkehr in die DDR. Leiter einer Meisterklasse für Komposition an der Deutschen Akademie der Künste.

Allan Gray (eigtl. Josef Zmigrod)

Geb. 23. 2. 1902 Tarnow; gest. 10. 9. 1973

Studierte bei Arnold Schönberg Kompositionslehre, war danach musikalischer Direktor bei Max Reinhardt am Deutschen Schauspielhaus in Berlin. Er schrieb Kinderopern, Bühnen-, Film- und Hörspielmusik. 1921–1924 komponierte er für Trude Hesterbergs Kabarett „Wilde Bühne", Berlin, und ab 1929 für die Berliner „Katakombe".

Peter Fischer

Geb. 10. 9. 1929 Leipzig

Studierte an der Musikhochschule Dresden und an der Deutschen Akademie der Künste, Berlin, Komposition. 1952–1960 Leiter der Schauspielmusik am Deutschen Theater Berlin; 1965–1971 musikalischer Leiter der Kammerspiele München; seit 1971 Mitglied der Schaubühne am Halleschen Ufer Berlin. Bühnenmusik zu „Faust", „Peer Gynt", „Musik" (Wedekind), „Operette" und Vertonungen von Liedern und Chansons für Schauspieler vor allem von Bertolt Brecht und Kurt Tucholsky.

Günter Hauk

Geb. 6. 5. 1932 Chemnitz

Studierte 1952–1957 an der Deutschen Hochschule für Musik in Berlin (DDR) bei Günther Kochan und Richard Wagner-Régeny und war 1957–1959 Meisterschüler von Hanns Eisler. 1957 musikalischer Leiter am Berliner Maxim-Gorki-Theater und seit 1965 musikalischer Oberleiter der Volksbühne Berlin. Zahlreiche Vertonungen von lyrischen und ironisch-aggressiven Liedern, Songs und Chansons.

Werner Richard Heymann

Geb. 14. 2. 1896 Königsberg; gest. 30. 5. 1961 München

Studierte in Breslau und Berlin; schrieb bereits 1914 die Musik zu Klabunds „Die Kriegsfreiwilligen" für Trude Hesterberg und komponierte nach dem Kriege Chansons für die Berliner Kabaretts „Schall und Rauch", „Größenwahn" und „Wilde Bühne", wo er auch als Pianist und musikalischer Leiter tätig war. Später wandte er sich dem Tonfilm zu und schrieb die Musik zu „Liebeswalzer" (1930), „Die Drei von der Tankstelle" (1930), „Der Kongreß tanzt" (1931). 1933 emigrierte er in die USA, wo er als Dirigent und Komponist in den Hollywood-Studios arbeitete.

Friedrich Hollaender

Geb. 18. 10. 1896 London; gest. 18. 1. 1976 München

Sohn des Operettenkomponisten Victor H. (1866–1940). Er studierte am Stern'schen Konservatorium, Berlin, und nahm Kompositionsunterricht bei Engelbert Humperdinck. Als Komponist und Pianist u. a. ab 1919 für die Berliner Kabaretts „Schall und Rauch", „Größenwahn" und „Wilde Bühne" tätig, wo er Texte von Klabund, Walter Mehring und Kurt Tucholsky vertonte. In seinen Kabarettrevuen oft Textautor, Komponist und Regisseur in Personalunion. 1933 Emigration in die USA, wo er – der bereits vor 1933 in Deutschland besonders mit „Der blaue Engel" (Titellied: „Ich bin von Kopf bis Fuß auf Liebe eingestellt") als Filmkomponist erfolgreich war – rund 175 Filmmusiken schrieb. Wurde 1955 in München ansässig. Schrieb hier für Trude Kolmans Kabarett „Kleine Freiheit" die Revuen „Hoppla – aufs Sofa", „Der große Dreh", „Es ist angerichtet" und „Futschikato". Er komponierte auch einige Musicals.

Peter Janssens

Geb. 1934 Telgte (Westfalen)

Studierte Musik 1955–1958 an der Hochschule Köln und 1961–1964 Musikwissenschaft in Münster. 1968 Gründung eines eigenen Musikverlages; Auftritte und Tourneen mit dem „Peter Janssens Gesangsorchester" hauptsächlich mit christlichen Texten von Wilhelm Willms. Daneben aber auch Vertonungen von Gedichten von Heinrich Heine und Kurt Tucholsky und Bühnenmusiken.

Henry Krtschil

Geb. 3. 10. 1932 Dresden

Studierte an der Musikhochschule Berlin (DDR). 1957–1969 Komponist und musikalischer Leiter des Berliner Ensembles, seit 1969 an der Volksbühne Berlin. Er schrieb Film-, Fernseh-, Kabarett- und Bühnenmusik und vertonte Texte von Bertolt Brecht, Johannes R. Becher, Erich Kästner, Walter Mehring und Kurt Tucholsky.

Hans May (eigtl. Johann Mayer)

Geb. 1886 Wien

Er war Opern- und Operettenkapellmeister; leitete zusammen mit dem Maler Paul Leni 1924–1926 das Kabarett „Die Gondel" in Berlin, wo zahlreiche Tucholsky-Chansons aufgeführt wurden. Bereits vor seiner Emigration 1933 arbeitete er auch für amerikanische Filmgesellschaften und schrieb die Schlager „Veronika der Lenz ist da" (1928) und „Ein Lied geht um die Welt" (1933).

Rudolf Nelson (eigtl. Rudolf Levisohn)

Geb. 8. 4. 1878 Berlin; gest. 5. 2. 1960 Berlin

Studierte als musikalisches Wunderkind an der Berliner Königlichen Hochschule für Musik und am Stern'schen Konservatorium. Durch Ernst von Wolzogens erstes deutsches Kabarett „Überbrettl" fand er 1901 Anschluß an das Kabarett; gemeinsam mit Paul Schneider-Duncker leitete er 1904–1907 das Kabarett „Roland von Berlin", 1907–1914 in eigener Direktion das Kabarett „Chat noir" in Berlin. Für sein „Nelson-Theater" und für andere Bühnen (Metropoltheater) schrieb er ab 1920 zahlreiche Revuen und Operetten. 1933 mußte er mit seiner Frau Käthe Erlholz emigrieren, stellte in Amsterdam ein neues Ensemble zusammen und kam während der Besetzung der Niederlande ins Konzentrationslager. 1949 rief er in Berlin die Nelson-Revue-Gastspiele ins Leben; zahlreiche Großveranstaltungen und Tourneen.

Edmund Nick

Geb. 22. 9. 1891 Reichenberg (Böhmen); gest. 11. 4. 1974 Geretsried (Oberbayern)
Dr. jur., besuchte die Wiener Musikakademie und das Dresdner Konservatorium, war 1919–1933 in Breslau als Konzertbegleiter und Kritiker, ab 1924 als musikalischer Leiter des Schlesischen Rundfunks tätig. 1933–1935 wirkte er beim Kabarett „Katakombe" in Berlin, war 1936–1940 musikalischer Leiter am „Theater des Volkes", wurde in München 1947 Leiter der Bayerischen Staatsoperette, 1949 Professor an der Münchner Musikhochschule und leitete 1952–1956 die Musikabteilung am Westdeutschen Rundfunk in Köln. 1957–1960 war er Musikkritiker der Zeitung *Die Welt*, ab 1962 Musikkritiker der *Süddeutschen Zeitung*. Er komponierte nach 1945 vor allem für das Kabarett „Schaubude" in München und vertonte Texte von Erich Kästner und Kurt Tucholsky. Außerdem schrieb er Operetten und Bühnen- und Filmmusik.

Mischa Spoliansky

Geb. 28. 12. 1889 Bialystok (Polen)
Studierte am Stern'schen Konservatorium in Berlin; gerühmt wurde die Brillanz und Treffsicherheit seiner Musik. 1919–1921 Pianist und Hauskomponist im Kabarett „Schall und Rauch", Berlin, danach in der Münchner „Bonbonniere", in der „Barbarina", in der „Rampe", im „Tütü" und in anderen Berliner Kabaretts. Schrieb zahlreiche Chansons, die Musik zu Georg Kaisers „Zwei Krawatten" (1929), Musiken zu den Revuen „Es liegt in der Luft" und „Alles Schwindel" (Texte: Marcellus Schiffer) und auch symphonische Dichtung und Opern. Mußte 1933 emigrieren, zuerst nach Paris, später nach den USA. Lebt in London, schrieb hier u. a. Filmmusiken zu René Clairs „The Ghost Goes West" und Otto Premingers „Heiliger Johanna".

Kurt Werner

Geb. 3. 10. 1923
1956–1962 Komponist und Pianist der von Gerhard Bronner geleiteten kabarettistischen Programme im „Intimen Theater" und im „Theater am Kärntnertor", Wien. In den sechziger Jahren Komponist für das Kabarett „Würfel", Wien, und für Georg Kreisler, daneben zahlreiche Musiken für Rundfunk und Fernsehen. Musikdirektor des Burgtheaters und Lehrer am Reinhardt-Seminar.

Rolf Alexander Wilhelm

Geb. 23. 6. 1927 München
Studierte 1941–1944 an der Musikakademie in Wien und 1946–1948 an der Münchner Musikhochschule. Danach freischaffend als Komponist tätig, er schrieb zahlreiche Bühnen- und etwa 300 Hörspielmusiken und die Kompositionen zu über 60 Filmen, darunter die „08/15"-Trilogie (1954–1956), sowie Musik zu einer Reihe von Fernsehspielen. Lebt in Grünwald / München.

Hans-Herbert Winkel
Geb. 1913 Hamburg
Komponist und Dirigent. Studierte u. a. bei Igor Markewitsch und Wolfgang Sawallisch, lebt seit 1950 in München. War Musikredakteur in der Hauptabteilung Musik des Bayerischen Rundfunks, komponierte ein Oboen-, ein Klarinetten-, zwei Bratschen- und ein Violinkonzert, Orchesterwerke, Filmmusiken und Chansons.

Gustav Zelibor
Geb. 10. 1. 1903 Wien; gest. 28. 12. 1978 Wien
Österreichischer Komponist, Dirigent und Pianist. 1913–1917 Sängerknabe zu St. Stephan, 1917–1929 Studium an der Wiener Musikakademie. Theaterkapellmeister und Pianist, in Berlin auch am „KadeKo". Bühnenmusiken, Lieder und Chansons.

DKA

Quellenhinweise

Kurt Tucholsky: *GW* Gesammelte Werke, hg. von Mary Gerold-Tucholsky und Fritz J. Raddatz, Reinbek 1960/*Br.* Ausgewählte Briefe, hg. von Mary Gerold-Tucholsky und Fritz J. Raddatz, Reinbek 1967/*Leben* Unser ungelebtes Leben. Briefe an Mary, hg. von Fritz J. Raddatz, Reinbek 1982

KTA Kurt Tucholsky-Archiv, Rottach-Egern/*DKA* Deutsches Kabarett Archiv, Mainz/*AdK* Akademie der Künste, Berlin (S. 63 Sammlung Kurt Tucholsky, S. 178 Theatersammlung)/Bildarchiv Preussischer Kulturbesitz, Berlin (S. 290)

Benedikt Fred Dolbin: Will Schaber, New York/George Grosz: The Estate of George Grosz, Princeton N. J./John Heartfield: Gertrud Herzfelde, Berlin

Die Dame, Ein deutsches Journal für den verwöhnten Geschmack 1912–1943, Ullstein Verlag, Berlin 1980 (S. 123, 217, 257, 301, 325)/Trude Hesterberg, Was ich noch sagen wollte, Henschelverlag, Berlin 1971 (S. 80, 173, 217)/Dieter Kranz, Gisela May, Henschelverlag, Berlin 1973 (S. 167, 194)/Walter Rösler, Das Chanson im deutschen Kabarett 1901–1933, Henschelverlag, Berlin 1980 (S. 10, 268, 312)

Wir danken, vor allem auch den Komponisten, ihren Rechtsnachfolgern und Musikverlagen, für freundlich erteilte Abdruckgenehmigungen.